おやかたさまと買い物デート!?

「ルースさん、その服、いつもと感じが違いますね?

……よく似合ってますよ」

「ほ、本当でございますか?」

六畳間の侵略者!? 34

「ふふん、いよいよわらわの出番じゃな」

Legendary Weapon System
Series02 "Combat dress"
Accessory "Grapple Black"

新たな〝影〟が迫る――！

六畳間の侵略者!? 34

健速

HJ文庫
866

口絵・本文イラスト　ポコ

もくじ

キャラクター勢力図

笠置《かさぎ》静香《しずか》
孝太郎の同級生で
ころな荘の大家さん。
その身に
火竜帝アルゥナイアを宿す。

クラノ＝キリハ
想い人をついに探し当てた地底のお姫様。
明晰な頭脳によって
恋の駆け引きでも最強クラス。

地底人（大地の民）

里見《さとみ》孝太郎《こうたろう》
ころな荘一〇六号室の、
いちおうの借主で
主人公で青騎士。

松平《まつだいら》賢治《けんじ》
孝太郎の親友兼悪友。
ちょっとチャラいが、
良き理解者でもある。

松平《まつだいら》琴理《ことり》
賢治の妹だが、
兄と違い引っ込み思案な女の子。
新一年生として
吉祥春風高校にやってくる。

孝太郎の幼なじみ

ころな荘の住人
藍華真希《あいかまき》
元・ダークネスレインボゥの悪の魔法少女。今では孝太郎と心を通わせたサトミ騎士団の忠臣。
魔法少女
（フォルサリア魔法王国）
虹野《にじの》ゆりか
愛と勇気の魔法少女レインボーゆりか。ぽんこつだが、決めるときは決める魔法少女に成長。
幽霊状態
東本願早苗《ひがしほんがんさなえ》
孝太郎に憑りついていた幽霊の女の子。今は本体に戻って元気いっぱい。
幽霊少女
ルースカニア・ナイ・パルドムシーハ
ティアの付き人で世話係。憧れのおやかたさまに仕えられて大満足。
ティアミリス・グレ・フォルトーゼ
青騎士の主人にして、銀河皇国のお姫様。皇女の風格が漂ってきたが、喧嘩っ早いのは相変わらず。
クラリオーサ・ダオラ・フォルトーゼ
二千年前のフォルトーゼを孝太郎と生き抜いた相棒。皇女としても技術者としても成長中。
アライア姫
ナルファ・ラウレーン
正式にフォルトーゼからやってきた留学生。孝太郎達とは不思議な縁があるようで……？
桜庭晴海《さくらばはるみ》
二千年の刻を超えたアライア姫の生まれ変わり。大好きな人と普通に暮らせる今がとても大事。
宇宙人（神聖フォルトーゼ銀河皇国）

もはや要塞!?

ころな荘
一〇六号室

ROOM No.106
CORONA-SOU

うごめく闇　五月二十七日(金)

ヴァンダリオンはフォルトーゼの内乱の時に、機械仕掛《じか》けの巨大《きょだい》な竜《りゅう》、真竜弐式を作り上げた。それにはフォルトーゼの最新技術と共に、地底の霊子力《れいしりょく》技術、フォルサリアの魔《ま》法《ほう》が使われていた。だがヴァンダリオン達《たち》が霊子力技術と魔法をきちんと理解していたのかというと、そういう訳ではなかった。あくまでそれらはＤＫＩから提供された新しい技術であるという認識《にんしき》に留《とど》まっていたのだ。予知の魔法が使えるグリーンを誘拐《ゆうかい》した時点でさえもそうだった。未来を予知する特殊《とくしゅ》な人間をＤＫＩが見付け出して利用している、という認識でしかなかったのだ。彼《かれ》らは霊子力技術や魔法という別の技術体系が存在しているとは考えず、それらがフォルトーゼの科学の延長線上にあると考えていた。そして結果的に、そうした理解の不足がヴァンダリオンの敗北に繋《つな》がっていった。

「大きく見ると叔父《おじ》は、敵の力も自分の力も過小に評価していた、と言う事が出来るだろう。実態が見えていなかったのだ」

「それが戦争だろうと商売だろうと、実態を見誤っては勝てません」

「そうだ。叔父――ヴァンダリオン卿《きょう》は負けるべくして負けたのだ。だが、これは叔父のミスとは言い切れないと思わないか？」

そんなヴァンダリオンの失敗を、甥《おい》のラルグウィンは仕方がない事だと考えていた。DKIという取引先の企業《きぎょう》が提供してくれた多くの新技術や製品の中に、幾《いく》つかフォルトーゼの科学技術の枠《わく》の外にあるものが含《ふく》まれているなどと、誰《だれ》が思うだろうか？　そもそもフォルトーゼの技術自体が既《すで》に一般人《いっぱんじん》の常識では想像できない域にあり、誰もがどうしてそうなるのかを知らないままに、そういうものだとして利用している。例えば宇宙旅行の根幹を支える空間歪曲《わいきょく》技術の中身など、利用者はよく知らないまま惑星《わくせい》間を行き来しているのだ。道具や技術の中身を一つ一つ確かめていては生活が成り立たなくなってしまうから、ヴァンダリオンがそこに気付かなかったとしても仕方がないだろう。彼が無能だった訳ではなく、常識の枠の外にあるものが幾つか紛《まぎ》れ込んでいただけなのだ。それにヴァンダリオンも全く気付いていなかったという訳でもないだろう。それはヴァンダリオンがラルグウィンを地球に残した事からも明らかだった。孝太郎達《こうたろうたち》の強さの裏に何かがあるような気はしつつも、大規模に行動を起こす程《ほど》の確信がなかったというのが正直なところだろう。やはり孝太郎の強さが、エルファリア側のプロパガンダや工作によるものだと考える方が自然なのだ。

「そうですな、だからこそあの霊子力遮蔽《しゃへい》装置は、誰にも理解されず我々の倉庫で埃《ほこり》を被《かぶ》っていた。むしろそれを理解しておられるラルグウィン殿《どの》が特別なのでは？」

「あれだけ派手に負ければ、嫌《いや》でも思い知らされるさ。高い授業料だった」

しかし地球に残されたラルグウィンは、孝太郎の力がフォルトーゼの技術の外側にあると確信していた。むしろそれは雲を掴《つか》むような話だが、間違《まちが》いなく存在しているのだ。それはヴァンダリオンが敗北したからこそ、理解できた事だった。だから霊子力技術の一端《いったん》を掴む事が出来た時、彼は暗い喜びに打ち震《ふる》えた。そうした事情もあり、ラルグウィンは霊子力技術をもたらした地球の企業に素早《すばや》く一つの技術を提供した。それは感謝の表現であり、同時に今はまだか細い手掛《てが》かりを太く強くする為《ため》の手段でもあった。もちろん前者は彼にしては珍《めずら》しい行動であり、それだけこの事を重大だと考えているという事でもあった。

「我々に御提供《ごていきょう》頂いた技術も、授業料の内ですかな？」

「そうなるかな――――いや、半分は感謝の表れと思ってくれたまえ。この幸運を逃《のが》す訳にはいかんのだ」

「その技術についてですが……検算した結果、提供して頂いた方程式は確かに現在の我々の技術でも再現が可能なようです」

「それは朗報だ。こちらとしても構造材を調達出来るようになる。だが……」

「分かっております。当初はAではなくBの方程式を元に生産致《いた》します」

ラルグウィンが提供した技術は金属の強化方法だった。地球で使われている金属は、理論上の強度から大きく劣《おと》る品質になっている。何故《なぜ》そうなるのかというと、原石を精製して金属塊《きんぞくかい》を作る過程で、不完全な結晶《けっしょう》構造が数多く生じてしまうからだ。そして外部から金属に力がかかると、その不完全な結晶構造に応力が集中して破断、それが連鎖的《れんさてき》に発生してしまう事が、理論上の強度に届かない原因だった。そしてラルグウィンはその不完全な結晶構造を少なくする為の技術を提供した。それは地球の技術で再現できる範囲《はんい》のものであり、その技術の根幹を支える方程式はあえて二つ提供された。それは可能な範囲で最強の強度を誇《ほこ》るものと、現在流通している金属よりも少し上の強度のものだった。そして彼らはとりあえず後者を生産しようと考えていた。

「君達としては最初にBの方程式で進める事には不満もあるだろうが、ここは長期的な視点で考えて貰《もら》いたい」

「不満などありません。むしろこの半歩先、という匙加減《さじかげん》が絶妙《ぜつみょう》だと考えています」

「派手に先へ行こうとするから目立つのだ。仮に半歩であっても誰もが欲《ほ》しがる技術であれば十分だろう。それに君達が自力で開発しても不思議ではないレベルの技術だから、皇女達の目も届かないだろう」

地球にいきなり飛《と》び抜《ぬ》けた技術が現れれば、フォルトーゼの政府は技術の流出を疑うだろう。だが半歩先程度の、少し先の技術であれば、地球で自然に開発されたものと考える筈《はず》だ。ラルグウィンが目を付けたのはそこだった。仮に半歩先の技術であっても、研究開発費がゼロで、しかも市場が独占《どくせん》出来るなら十分な利益が出る。高強度材料は製造業のどの分野でも常に求められているのだ。

「それに技術が二段階になっているという事は、ビジネスチャンスが二度あるという事でもありますから」

最初に発売した商品はいずれ解析《かいせき》されてコピーが出回るようになる。だがそうなってももう一つの方程式を利用した新商品がすぐに発売できる。つまりコピーを作った企業の努力と資金は水の泡《あわ》になるのだ。これにより、社内の技術部門がざっと計算しただけではあるが、間違いなく十年以上は市場を独占したままでいられる筈だった。

「ふむ、そこは考えていなかったな。確かにそういう事になるな」

ラルグウィンはさも楽しげに笑う。自分が選んだパートナーが、期待以上の頭脳を持っている事に満足したのだ。

「また歩留《ぶど》まりの問題もあります。限界に近い水準にいきなり手を出すのは蛮勇《ばんゆう》というものでしょう」

企業が保有する技術の上限に近いものを製造しようとすると、不良品が沢山《たくさん》発生するようになる。そうなると不良品のコストを商品の値段に上乗せする必要が出てくる。だからまずは半歩先の技術で製造工程を確立し、その後で上限の技術の製造へ移る。そうすれば企業自体の技術が向上しているので、不良品のリスクは低減される。企業側《きぎょうがわ》の都合としても、二段階になっているのは歓迎《かんげい》すべき事だった。

「フム、少し君達にサービスし過ぎたのかもしれないな」

「御安心《ごあんしん》下さい、決してそうではない事を今から証明致します」

「何か掴んだのか？」

「はい。例の装置の出所と接触《せっしょく》する事に成功しました」

「なるほど、正しい投資だったようだ。報告を聞こう」

「それでは――――」

そしてこの技術提供の見返りは、霊子力技術を持つ者達と接触する事。まだ地球での活動には不慣れなラルグウィン達なので、地球の人間に接触を代行して貰う事には大きな意味がある。こうして彼らの計画、あるいは侵略《しんりゃく》というべきものは、誰の目も届かない場所で静かに進行していた。

猫とルース　五月二十九日(日)

　ころな荘《そう》一〇六号室は元々人の出入りが多い部屋だった。今年からナルファと琴理《ことり》が出入りするようになったので、孝太郎《こうたろう》と合わせて十二人の人間が出入りしている。クランが重力の技術を駆使《くし》して天井《てんじょう》や壁《かべ》に座《すわ》れるようにしてくれていたものの、流石《さすが》に六畳間に十二人では窮屈《きゅうくつ》だった。だが幸か不幸か、先日ナルファが住む一〇五号室との境にある壁に穴が開いたので、狭《せま》さの問題は解決された。今の孝太郎達は一〇五号室と一〇五号室を、自由に行き来しながら生活している。だが、この日に限っては一〇六号室の方に極端《きょくたん》に人が集中していた。

「うにゃー」

「駄目《だめ》よ、ごろちゃん。お行儀《ぎょうぎ》よく」

「なー」

『かーわーいーいー!』

少女達の声が綺麗《きれい》に揃《そろ》う。彼女《かのじょ》らの視線の先にあったのは、一匹《ぴき》の子猫《こねこ》だった。子猫は前脚《まえあし》で真希《まき》の手を抱《だ》き抱《かか》えるようにしながら必死に餌《えさ》を食べている。チューブ状の餌は子猫の大好物なので、真希がお行儀よく食べろと言ってもどこ吹《ふ》く風《かぜ》だった。そしてそんな子猫の姿に少女達は完全に心奪《うば》われていた。

「真希さんが羨《うらや》ましいです、こんなに可愛《かわい》い猫さんに好かれて……」

晴海《はるみ》のこの言葉は他《ほか》の全《すべ》ての少女達の気持ちを代弁していた。子猫――ちなみにごろすけという名前だ――はいつも真希の後をついてまわっていて、彼女を家族だと思っている様子だ。最近は実の両親よりも真希と一緒《いっしょ》にいる時間の方が長いくらいだった。

「手間はかかりますけれど、その分愛着もあって……この子のおかげで気持ちに余裕《よゆう》が持てるようになった気がしています」

そして真希の方もまんざらではなく、ごろすけを大切にしている。彼女はごろすけの食事やトイレの世話などを甲斐甲斐《かいがい》しくやっていた。

「ねー真希、あんたつまんない意地張ってないでさ、ちゃんとごろすけを飼えば良いじゃない」

「ふふふ、この子には自由にしていて欲しいんです。その上で私の所に居てくれるなら、それはとても嬉《うれ》しいんですけれど」

そして真希はごろすけを好きなようにさせていた。ごろすけをずっと家の中に居させようとはしていなかった。ごろすけが外に出たい素振《そぶ》りを見せれば玄関《げんかん》を開けてやり、戻《もど》ってきたら入れてやる。ごろすけの自由な選択《せんたく》として真希を選んで欲しかったのだ。これは彼女が夢で観た猫の飼い方と同じだった。もちろん魔法やら機械やらで、ごろすけが今どこでどうしているのかは、分かるようになっているのだが。

「ふーん、意外と複雑ですなー。あたしなんかいつも遊びたいけど」

「里見《さとみ》君と遊ぶみたいにですか?」

「そー。いつでも手が届くとこに居ないとヤだなー」

「最終的にはそうなると思いますよ。私も今は里見君の傍《そば》にいる訳で」

「あー、分かってきた分かってきた。そーゆーことねー」

ごろすけの存在は、真希に自分と世の中のかかわり合い方を再認識《さいにんしき》させてくれていた。だからこそ自分が孝太郎を選んだように、ごろすけにも自分を選んで欲しい。種族が違《ちが》うので選ぶ理由には違いがあるだろうが、真希はそれが一番良いと考えていた。

「そういえば真希、この子猫の親……ごろねは今どうしているのだ?」

キリハは猫じゃらしを器用に操《あやつ》りながら真希に問いかける。餌を食べ終えたごろすけはキリハの猫じゃらしに飛びかかり、右へ左へ忙《いそが》しそうに跳《は》ね回《まわ》っていた。

「ごろねは近所のおばあさんの所に居ます」

「去年からずっとお世話になってたし、おばーちゃんが一人だから心配みたい」

早苗《さなえ》が真希の説明を補足した。自在に霊力《れいりょく》を操る早苗には、大まかにだが動物の気持ちが分かる。早苗が見たところ、ごろねは常におばあさんに気を配っており、そこにはいつも感謝と心配の気持ちが込められていた。

「ふむ、義理固い猫なのだな」

「あと、面倒見《めんどうみ》が良いんだと思います」

「そーかなー。ごろすけほったらかしじゃない」

「大方、マキに任せておけば大丈夫《だいじょうぶ》だと思っているのじゃろうて。これ、ごろすけや、今度はわらわと遊ぶのじゃ」

「うなー!」

キリハの猫じゃらしに満足したごろすけは、今度はティアに近付いていく。ティアは動きが機敏《きびん》なので、ごろすけにとって格好の遊び相手だった。最近よくやっている遊びは、ごろすけがゆっくりとティアに近付いていき、それをティアが捕《つか》まえようとするというもの。もちろんごろすけは捕まらないように逃《に》げる。そして再び近付いていく、という行為《こうい》を繰《く》り返《かえ》すのだ。一〇六号室で一番素早いティアだからこその遊びだった。

「コトリ、少し光量を上げて下さい」

「はい……こんな感じかな?」

「うん、どうもありがとう」

そんなティアとごろすけの姿をナルファが撮影《さつえい》していた。その隣《となり》にはアシスタントの琴理の姿もある。ナルファが配信している動画『ナルファ・ラウレーンの日本滞在記《たいざいき》』は相変わらずフォルトーゼで大人気。地球の動物を扱《あつか》った新シリーズは評判が高く、順調に視《し》聴者《ちょうしゃ》を増やしていた。最近はティアがごろすけと遊ぶ動画が特に人気で、もっと見たいという声が殺到《さっとう》。そこで今回ティアとごろすけの特集をする事に決めたのだった。

「うりゃっ」

「にゃー」

逃げ損《そこ》ねたごろすけは仰《あお》向《む》けに寝転《ねころ》がり、ティアにお腹《なか》を撫《な》でられていた。こうしてティアに捕まるのも嫌ではないらしく、ごろすけは逃げ出《だ》そうとせずにされるがままになっている。そうやってごろすけは何度も捕まったり逃げたりを繰り返した後、最後は決まってティアの膝《ひざ》によじ登っていく。そこで丸くなって休憩《きゅうけい》する事が、この遊びが終わる合図だった。

「ティア殿下《でんか》、紅茶が入りましたよ」

するとと絶妙なタイミングでティアの前に紅茶のカップが差し出される。ティアとごろすけが遊び始めたのを見計らって、ルースが淹《い》れたものだった。今日もそのタイミングは完《かん》璧《ぺき》だった。

「ありがとう、ルース」

「うなー？」

「紅茶じゃ。そなた以前舐《な》めて酷《ひど》い目に遭《あ》ったじゃろう？」

「………なー」

ティアはルースに礼を言うと紅茶を飲み始める。作法はしっかり習っているので、ティアの所作は非常に優雅《ゆうが》だ。ごろすけはその間ティアの膝の上で丸くなっていた。

「いいなぁ、ティアちゃん………藍華《あいか》さんを例外とすると、ごろすけちゃんに一番好かれてるよね」

そんなティアの姿を眺《なが》めながら、静香《しずか》が溜《た》め息《いき》をつく。静香はティアのようにごろすけに好かれたいのだが、いまいち上手《うま》くいっていなかった。

「笠置《かさぎ》さんも十分に好かれてると思いますけど………」

そんな静香に晴海が微笑《ほほえ》む。晴海の視点ではおそらく一番ごろすけに好かれているのは静香である筈だった。

「ミミズを献上《けんじょう》して欲しい訳じゃないんですよぉっ！」

『ゴロスケは昨日も捕まえたバッタを儂《わし》に見せに来たぞ』

『流石怪獣《さすがかいじゅう》のおじさんだホー！』

『火竜帝《かりゅうてい》の名は伊達《だて》では無いホー！』

『はっはっは、儂もまだまだいけるのう！』

静香の不満はごろすけに尊敬され過ぎている点だった。ごろすけは野性の勘《かん》で静香が一番強いと察している。おかげで最上級の敬意を払《はら》っていた。捕まえた動物を献上しに来る事もしばしば。そして遊んで貰うなどもってのほかで、距離《きょり》を置いて遠目に見つめるような距離を保つ。そして静香が近付くと緊張《きんちょう》し、場所を譲《ゆず》るようにじりじりと後退していく。

その原因であるアルゥナイアは上機嫌《じょうきげん》だったが、ごろすけと遊びたい静香にとっては残念な状況《じょうきょう》だった。

「わたくしの事もしばらく放っておいて下さればいいのに……」

逆に静香を羨んでいるのがクランだった。クランもごろすけは可愛いと思っているが、そもそも外出が少なく動物との触《ふ》れ合《あ》いが殆《ほとん》どなかった彼女なので、まずはある程度距離を置いて眺めていたかった。だがごろすけの方はそんなクランの都合など知った事ではなく、時折急にクランとの距離を詰《つ》めて彼女を驚《おどろ》かせる。興味はあるがまだ距離が欲しい、クランもクランで困った状況だった。

「急に近付いてくる殿方《とのがた》は困りものですわ。やたら可愛いだけに、特に……」

「しかしクラン殿下、おやかたさまが急に近付いて来ても別に問題ありませんよね？」

「パルドムシーハ!? そっ、そんな事はありませんわっ、はしたないっ！」

「殿下ったら……ふふふ……」

クランにとって特別なのはただ一人。このところしばしば垣間見《かいまみ》えるようになったクランの可愛らしい姿に、ルースは思わず目を細める。するとそんな二人のやりとりに孝太郎が気付いた。

「呼んだか？」

孝太郎は壁にかかった暖簾《のれん》の向こう、一〇五号室の和室にいた。暖簾の下にはナルファが引《ひ》っ越《こ》して来た時に出来た大きな穴があり、一〇六号室と一〇五号室を繋ぐ通用口として利用されている。孝太郎に聞こえたのは暖簾の隙間《すきま》を抜けて来た声だったので、呼ばれたらしい事以外は何も分かっていなかった。

「流れであなたが話題になっただけでっ、別にっ、呼んでいませんわっ！」

「話題にしたのはわたくしです、おやかたさま」

「そうだったんですか」

「ですからっ、あなたは気にせず思う存分宿題をやって下さいまし！」

「ああ、そうさせてもらう」

孝太郎はすぐに興味を失い、それまでやっていた事を再開した。実は孝太郎は一〇五号室で一人宿題をやっていた。もともと一〇六号室でやっていたのだが、ごろすけの登場と共に一〇六号室に少女達が集合し、弾《はじ》き出される形で一〇五号室に移動していた。こうした事は日常茶飯事《にちじょうさはんじ》で、最近の孝太郎とナルファは、互《たが》いの部屋を行き来しながら生活していた。

「………」

クランは軽く頬を膨《ふく》らませた状態で暖簾を見つめていた。するとすぐにルースがクランの様子に気付き、再び微笑んだ。

「ふふふ、助かりましたけれど、残念でございましたね、殿下」

「しりませんわっ、もぉおっ！」

もし孝太郎が暖簾を潜《くぐ》って細かい話を聞きに来たら、クランにとっては困った状況になっていただろう。だが何の興味も示さずにサッと退《ひ》かれてしまうのは、それはそれで腹立たしい。そういう女の子特有の事情はルースにも良く分かる。だからルースは微笑んでいるのだった。

実は通常の一〇六号室は、宿題をするのに向いていない。常に大騒《おおさわ》ぎだし、時折誰かが話しかけてきて宿題が中断する。だからこうして一〇五号室にいる時の方が、孝太郎の宿題の進みは速かった。そんな訳で孝太郎はむしろごろすけに感謝している。この分なら、宿題はすぐに終わりそうだった。

「うにゃー」

カリカリ

だがそこはやはり猫。孝太郎の望むようには動いてくれない。ごろすけはいつの間にか暖簾を潜り抜け、あぐらをかいている孝太郎の膝を引っ掻《か》いていた。

「にゃうー」

「お前なぁ、俺《おれ》じゃなくて向こうにいる連中に遊んで貰えよ」

「なー」

ゴソ、ゴソゴソ

ごろすけは孝太郎の前に小さな何かを引き摺《ず》って来た。ごろすけが孝太郎の言葉を理解しているかどうかは謎《なぞ》だ。だが仮に理解していても行動は同じだったかもしれない。ごろすけは勝手な奴《やつ》なのだ。今回もそうで、ごろすけは引き摺って来た何かを孝太郎の手に押《お》し付《つ》けていた。

「これで遊ぶんなら、俺じゃなくてもいいだろうに」

「………」

ごろすけは目を大きく見開いて孝太郎を見上げていた。その瞳《ひとみ》には期待に満ちた強い輝《かがや》きが宿っている。それは早苗やティアがしばしば見せてくれるものと同じだった。そして早苗程《ほど》ではないが孝太郎にも動物の気持ちが読める。

――知ってるぞ、お前もこれが好きなんだろう？　一緒に遊んでやる！

ごろすけの瞳に宿るものを感じ取った孝太郎は、小さく苦笑《くしよう》するとごろすけが持ってきたものを拾い上げた。

「……大まかにはそれで正解だから困るんだよなぁ………」

「うなー！」

孝太郎が拾い上げたのは野球のボールだった。それを見たごろすけは素早く身構える。身体《からだ》は小さくても、獲物《えもの》を追う時の猫の姿だった。

「ホレ」

「にゃっ！」

ズザザッ

孝太郎がボールを投げると、ごろすけは軽快に身体の向きを入《い》れ替《か》え、自身も跳ねるかのような勢いでボールを追っていった。

『かーわーいーいー！』

すると再び少女達の黄色い悲鳴が上がる。彼女らは壁の穴の所から、孝太郎とごろすけのやりとりを見つめていた。

――――こりゃあ、しばらく宿題は無理だな……。

今日の宿題は孝太郎が苦手とする物理。問題を解くには高い集中力が必要だ。だがごろすけと少女達はそれを許してくれない。だから孝太郎はペンを置き、本格的にごろすけと遊んでやる事にした。

「よしごろすけ、お前も魔法少女の飼《か》い猫だ。必要なのはまず体力！」

「うにゃーー！」

孝太郎がボールを投げる度、ごろすけは嬉しそうにボールを追いかける。それは本来犬がやりそうな事だが、犬の場合は完全に遊びとして考えているのに対し、ごろすけの場合は遊びと狩《か》りの区別が曖昧《あいまい》だ。ごろすけはまるでネズミを追いかけるかのように、ボールを追い続けていた。

「次はカーブな」

「なー、なうぅぅっ！」

ごろすけが孝太郎と遊びたがるのは、時折混じるこの変化球のせいだった。もちろん六畳間ではボールが飛ぶ距離が短いので、飛んでいる間に起きる変化は小さい。だが変化球を投げる時にかける強い回転のおかげで、ボールが畳に触れた瞬間《しゅんかん》に跳ねる向きと勢いが大きく変化する。それがごろすけには本物の生き物のように感じられるから、孝太郎と遊びたくて仕方がないのだった。

「いいなぁ、里見君。私も変化球を覚えようかしら………」

「怪獣《かいじゅう》のおじちゃんがいる限り、ボールを持って来て貰えないんじゃない？」

『ハッハッハ、生まれながらの帝王《ていおう》で済まぬ♪』

「クラン、録画するほど好きなら、一緒に遊んで来れば良かろう」

「おっ、大きなお世話ですわっ！」

「猫と遊ぶコータロー様とクラン殿下………これはいける！　是非《ぜひ》お願い致します、クラン殿下！」

「ホレ、国民もこう申しておるし」

「まだ怖《こわ》いんですわっ!」

それからしばらく孝太郎達はごろすけと楽しく遊んだ。途中《とちゅう》孝太郎が少女達の間にボールを投げ込んだり、ごろすけがクランをよじ登ったりと様々な事が起こったが、概《おおむ》ね楽しい時間だったと言えるだろう。そこに波紋《はもん》が起こったのは、これまで姿を見せていなかった人物が帰宅した時の事だった。


ゆりかが帰宅したのは時計の針が夜の十時を回ろうかという時の事だった。ゆりかは今年からアルバイトをしているので、こうして遅《おそ》くに帰ってくる事も珍しくはなかった。だがこの時のゆりかの様子は、ただ事《ごと》ではなかった。

「ふぇ〜〜〜ん、さとみさぁ〜〜ん!!」

「どうしたっ!?」

部屋に飛び込んできたゆりかは泣いていた。それも両目から涙《なみだ》を溢《あふ》れさせ、号泣《ごうきゅう》していた。これに驚いたごろすけは真希に駆《か》け寄《よ》ると、その背後に身を隠《かく》した。もちろん驚いたのは孝太郎も同じで、返答する声は何時《いつ》になく緊張していた。

「聞いて下さいよぅ、またアルバイト先が潰《つぶ》れちゃったんですぅ！」

「何だとぉっ⁉」

これまでゆりかは何度かアルバイト先を変えている。ゆりかのアルバイト先は何故かことごとく潰れてしまうのだ。今回のアルバイト先もその運命を逃れる事は出来なかった。そしてまたしても給料が貰えなかったゆりかだった。

「また変な会社に手を出したんじゃないだろうなっ⁉」

「そんな事しませんよぅ、商店街にあった輸入雑貨のお店ですぅ‼」

ヤクザの事務所、敵対企業の工場と、二度の大きな失敗を繰り返したゆりかは流石に学習していた。

『変に高い給料はおかしい』

『地下に秘密の部屋があるのはおかしい』

度重《たびかさ》なる不幸からそれらを学んだゆりかは商店街に目を付けた。商店街の店は大きな犯罪に手を染めるには規模が小さい。バイト代もそこそこで、不自然さは感じられない。ここなら大丈夫、ゆりかが自信を持って選んだのが輸入雑貨の店。だがそのゆりかの自信は三日目に呆気《あっけ》なく崩壊《ほうかい》した。

「それで今度は何をやらかしたんだっ⁉」

「私はずっと何もしてませんよぅ！」

「そうだったな、悪い。それで、今回は何があったんだ？」

「金の密輸ですぅ。輸入雑貨に紛れ込ませて、金を密輸していたんですぅ！」

「金の、密輸……………？」

　孝太郎には耳慣れない言葉だった。孝太郎は金が安く売られている国で買って、日本に持ち込んで売るのかなと想像したのだが、それだと手数料で目減りしそうに思える。困った孝太郎がキリハに目を向けると、彼女は小さく微笑んで説明を始めた。

「貴金属を日本に持ち込む場合、高額の場合には消費税を支払《しはら》う必要がある」

「消費税がない国で買ったら、日本に持ち込む時に取られる訳か」

「そういう事だ。そして金の密輸は、その仕組みに目を付けた犯罪なのだ」

「………ん？　どういう事だ？」

「金を密輸すれば消費税は取られない。そして密輸した金を正規の手続きで売却《ばいきゃく》して所得として申告《しんこく》すれば、消費税分が還付《かんぷ》される」

「ええと……つまり密輸して売れば、消費税の分だけお金が貰えるって事か⁉」

「うむ。そうやって金を循環《じゅんかん》させるだけで消費税分を掠《かす》め取《と》る事が出来るから、多くの人間が手軽に始めてしまうのだ」

「そういう犯罪もあるんだな……」

孝太郎は思わず唸《うな》る。孝太郎にとっての犯罪とは、人が人を傷付けたり物を奪ったりというものだ。こういう制度を悪用する犯罪もあるのだと、初めて知った孝太郎だった。

「とはいえ金の売却だけが急激に増える訳だから、どうしても目立ってしまう。個人でやれば発覚しやすい。今回のゆりかのアルバイト先も、恐《おそ》らくそうだろう」

密輸だけでも難しいのに、目立たないように金の売却までしなければならない。だから個人で安定して長期にやれる犯罪ではなく、組織的に行われる犯罪と言える。そしてゆりかのアルバイト先はそうではなかった、ということになるだろう。

「酷いんですよぉっ、警察の人達っ！」

「まあ、組織犯罪の可能性があるから厳しく追及《ついきゅう》されるだろうさ」

孝太郎にもゆりかが泣いている理由が分かって来た。ゆりかは犯罪組織の一員として疑われた事が悲しかったのだ。

「警察の人達ってばぁ、私の事を少しも疑ってくれなかったんですぅっ!!」

「………ハァ？」

だがゆりかが泣いていた理由は孝太郎の想像の遥《はる》か上を行った。呆気に取られてぽかんと口を開けた孝太郎に、ゆりかは興奮気味に事情を説明した。

『カツ丼美味《どんお》しい《い》ですぅ！　ありがとうございまぁすぅ！』

『先輩《せんぱい》、どう思います？』

「……流石にこの子に重要な役目は任せないだろうなぁ……どう見ても……」

『そうっスよね。俺もただのバイトちゃんだと思います。三日目らしいですし』

『ヨシ、お嬢《じょう》ちゃん、カツ丼食べ終わったら帰っていいぞ。長いあいだ引き留めて悪かったな、これも仕事なんだ』

『もうちょっとぉっ、もうちょっとだけで良いので疑ってくださぁい!!　お願いしますぅっ!!』

ゆりかが泣いていたのは、警察に全く疑われなかったからだった。話をして優《すぐ》れた人格を認められて疑われなかったならそれでいい。だが重要な仕事を任されるような人間ではないという理由で疑われないのは納得《なっとく》できない。それは無能と言われているに等しいからだ。ゆりかにも多少はプライドがあったのだ。多少は。

――しかしまあ、何もなくて良かった、本当に……。

話を聞いた孝太郎は安堵《あんど》した。この時、ゆりかはちゃぶ台を拳《こぶし》で何度も叩《たた》きながら号泣していた。それでも何事もなかったし、彼女にも落ち度は無かった。本当にただ不幸に見《み》舞《ま》われただけで、彼女は無事に帰って来てくれた。だから孝太郎は安堵し、同時に何とかしてやりたいという気持ちになっていた。

「なあゆりか」

「私は無能じゃないですようっ!! 頑張《がんば》れば悪い事ちゃんと出来ますぅ――――って、ふぁい？」

孝太郎が呼びかけると、ゆりかの顔がゆっくりと孝太郎の方を向いた。ゆりかの両目からは今も滝《たき》のように涙が流れている。その顔を見ていると、孝太郎はやはり胸の奥《おく》がざわざわする感覚に囚《とら》われる。そしてゆりかにこういう顔をさせておくのは嫌だなと改めて思った。

「もうアルバイトは止《や》めろ」

「駄目ですよぅ、漫画《まんが》を買うお金が要《い》るんですぅ」

「お金なら俺が何とかしてやる」

「えっ⁉ 本当ですかぁっ⁉ 止めます止めます！」

孝太郎の考えはゆりかに資金援助《えんじょ》する事だった。幸い孝太郎にはティアから貰っている俸給《ほうきゅう》があるので、ゆりかに援助するぐらいは問題なかった。もちろんゆりかが大人になったら自立を促《うなが》す為に援助は打ち切るつもりでいるが、学生の内は援助して学業に専念させるのは間違いではないだろう。そして孝太郎は絶対に口には出さないだろうが、援助すればゆりかがアルバイト先の問題で悲しんでいる姿を見なくて済む。今回の件に関しては、本当にゆりかには落ち度が無い。孝太郎としては、もう一度あの顔を見るぐらいなら、資金援助をする方がずっと気は楽だった。

「代わりと言っては何だが、バイトに相当する時間分、お前には勉強して貰うからな」

付け加えるなら、孝太郎はゆりかがバイトに奔走《ほんそう》して勉強時間が減っている事も少なからず気になっていた。その解消にも、この援助が役に立つ筈だった。

「ええぇえっ⁉　折角漫画《せっかくまんが》買っても読めないじゃないですかぁっ⁉」

「馬鹿野郎《ばかやろう》、それはアルバイトしてても同じだろうが」

「しょんなぁ、意地悪しないで下さいよぅ、さとみさぁんっ！」

勉強させられると知り、ゆりかは泣きながら孝太郎に縋《すが》る。

「知らん知らん」

だがその涙は先程《さきほど》とは違い、孝太郎の心を全く動かさなかった。孝太郎にはそれがゆりかの嘘泣《うそな》きだと分かっていたし、バイト代わりに勉強させる事は正しい事だと分かっていたからだった。

「里見さぁん、ちょっとだけでいいのでぇ、漫画やアニメを観《み》る時間を貰えないでしょうかぁ」

「特に何もしなくてもそうなるだろ」

「え？　なんでですかぁ？」

「バイト先への通勤がなくなるんだから、その分遊んでられるだろ。一時間ぐらい余裕ができるんじゃないか？」

「着替《きが》えてぇ………髪《かみ》直してぇ………バイト先に行ってぇ………あー、言われてみれば、確かにそんな気がしますぅ！　一時間くらいお得ですぅ！」

そして孝太郎と話すうち、その嘘泣きも治まっていく。孝太郎は別に意地悪をしようという訳ではないので、落ち着いて考えればゆりかにとって得な話だと分かったのだ。

「それでお前のおこづかいだが………勉強はお前の得になる事でもあるから、アルバイトの半分くらいの時給四百円からだな」

「もう一声！　里見さん太っ腹っ！」

「一時間ちょっと勉強したら漫画が一冊買えるっていうのは相当好条件だと思うが」

「んー………言われてみればぁ、何だかそんな気がしてきました。分かりましたぁ、ちゃんとお勉強しますぅ」

「なお、成績が上がればおこづかいは増えます」

「やったー！　って、下がったらどうなるんですかぁ？」

「当然減ります」

「ええええええっ、意地悪しないで下さいよぉっ！」

「そこはバイトと同じと考えろ。最初からそういう話だったろ？」

「う～、里見さん変に真面目《まじめ》なんですからぁ～～～」

そして労働条件が決まる頃《ころ》には、ゆりかはいつもの笑顔《えがお》に戻っていた。孝太郎は絶対に口には出さないが、ゆりかに笑顔が戻った事に安堵していた。そんな孝太郎の顔を見ていた静香がニヤリと笑った。

「んふふふ～～～、遂《つい》に里見君、一人嫁《よめ》に貰《もら》ったわねぇ～～～このー、このこのー、諦《あきら》めが悪いんだからもう～～～」

静香は笑いながら孝太郎を肘《ひじ》でつつく。その表情は本当に楽しそうだった。待っていた事がようやく始まった、そんな顔だった。

「そういう話じゃないですよ、大家さん」

「そういう話よ。無制限に部屋に住まわせて、養ってあげる訳でしょう？」

真なる王権の剣《けん》を出現させる為《ため》に、静香達《たち》九人の少女はその命と魂《たましい》を賭《か》けた。彼女達が無事だったのは単なる結果論であり、九人の少女達が孝太郎の為にしてくれた事は簡単な事ではなかった。彼女らは恋人《こいびと》や結婚《けっこん》相手であっても、なかなか出来ないような事をやってのけた。孝太郎はそれが分からないような男ではないから、もはや少女達を拒絶《きょぜつ》する事は出来ない筈《はず》だ。だから気持ちの折り合いが付いた段階で、一人ずつ順番に受け入れていく以外にないだろう――――静香はそのように考えている。そしてどうやらその一人目がゆりかだったらしい。だから静香は笑うのだった。

「ちっ、違いますって！　バイト先が悪事を働いただけで、こいつに落ち度は無い！　分かってるのに放っておいたら可哀想《かわいそう》じゃないですか！」

「ふぅん、そういう風に折り合いを付けたのね。んふふふ～～～」

「私ぃっ、里見さんのお嫁さんですかぁっ⁉　新婚《しんこん》旅行とかあるんですかぁ⁉」

「ちょ・う・し・に・のるなっ！」

ゴン

「す、すびばせん……」

もちろん孝太郎としてはそんな事を認める訳にはいかない。孝太郎の人生観は極《きわ》めて真面目なのだ。彼女は一人、そして嫁も一人。ちゃんと一人を選ぶ。それが正しい男の生き方だと信じているのだ。実のところ孝太郎も薄々《うすうす》それが厳しいとは分かっているのだが、掲《かか》げた旗印は簡単には下ろせない。孝太郎は非常に不器用なのだった。

「安心しろ、里見孝太郎」

近くで話を聞いていたキリハが目を細める。それは非常に穏《おだ》やかで包み込むような笑顔だった。

「ん？」

「我は愛人で構わない。愛しているし、愛されているのも十分に分かっているのでな、地上の法律が定めた配偶者《はいぐうしゃ》制度など知った事ではない」

だがキリハの口から飛び出したのは、表情とは真逆の非常に危険な言葉だった。するとその言葉で、六畳間《ろくじょうま》の少女達に火が点《つ》いた。

『あー、そーゆーのならあたし憑依霊《ひょういれい》でいいかなー』

「早苗ちゃん、せめて家事手伝いぐらいに…………」

「私は…………里見君のペットのお世話係を…………」

「なうー！」

「わたくしは、ティア殿下《でんか》次第《しだい》でございます」

「そうは言っても、わらわがコータロー以外を選ぼうとしたら絶対に止めるじゃろ？」

「もちろんでございます」

「…………涼《すず》しい顔できっぱり言いますわね、パルドムシーハ」

「桜庭《さくらば》先輩はどうなさるおつもりですか？」

「私は……ただ里見君を信じてついていこうと思っています」

「大人ですねぇ、桜庭先輩は」

「そういう笠置さんは？」

「私は何というか……静かな土地に家を建てて、家族で楽しく過ごせれば……」

「分かります。そういうのも憧《あこが》れますよね」

少女達は興奮気味に互いの将来設計を語り合った。そこはまだ十代の少女達。将来設計には多くの夢や希望が詰まっていて、どれ一つ同じものはない。だがそこには言外の共通点があった。それはその将来設計の中に、他の八人の少女達の姿がある事だった。額に同じ紋章《もんしょう》を刻んだ他の少女達を遠ざける発想は、彼女達にはない。孝太郎同様に、それがどんな意味を持つのかを、誰《だれ》よりもよく分かっているからだった。

「……ふふ、コウ兄さんは大変ね。コウ兄さんが九人から一人を選ぶよりも早く、全員が手を繋《つな》いで同時に中心まで飛び込んできてしまうなんて。ここから八人を押し退《の》ける事が果たして兄さんに出来るものか……」

「お優《やさ》しい方ですから、とても困っておいででは……。それに皆《みな》さんは互いの手を放しそうにありませんし……」

　琴理とナルファは顔を見合わせて笑う。どこをどうすればこうなるのかという次元で人間関係が複雑で、到底《とうてい》そこから一人を選んで切《き》り離《はな》せるような状態ではない。しかし孝太郎はそれに挑《いど》もうとしている。それはさながら風車に立ち向かうドン・キホーテ。だが人間としては全く正しい選択なので、孝太郎には申し訳ないと思いつつも、琴理とナルファは笑うしかなかった。

　ルースが買い物に行くと言った時、孝太郎は素早《すばや》く同行を申し出た。十二人分の夕食の材料を買いに行くと荷物が多くなるから、荷物持ちが必要だという理由からだ。しかしそれは建前であり、本当の理由は直前の話題が孝太郎にとって都合の悪いものであったからだ。要するに孝太郎は、ルースの荷物運びをするという言い訳で、六畳間を逃げ出したのだった。

「………十三時より超党派《ちょうとうは》の議員団との面会。これは医療《いりょう》技術に関する特例措置《そち》の拡大を求めてのものです。続いて十四時よりフォルトーゼ側の記者団との会見。こちらは定例の活動報告です。十五時より日本や地球の文化をフォルトーゼに輸出する事についての会議、終わり次第《しだい》移動して十六時三十分から建設中の宇宙港の視察です」

二人きりになって好都合だったのはルースの方も同じだった。孝太郎は要所でティアとクランの護衛に参加するので、邪魔《じゃま》の入らないタイミングできちんと話をする必要があったのだ。明日のスケジュールで言えば、宇宙港の視察がそれにあたる。開《ひら》けた場所に身を晒《さら》す事になるので、通常以上の警戒《けいかい》が必要だった。

「ティアとクランは明日からも忙しいみたいですね」

ティアとクランは基本的に吉祥春風《きっしょうはるかぜ》高校に通っているが、時折公務で休む事がある。その日は大変で、多くの仕事がその日に詰め込まれる事になる。ティアとクランはなるべく普通《ふつう》に高校生活を送りたいと希望しているので、仕方のない事なのだが。

「はい。ですからおやかたさまの責任は重大です」

「任せて下さい、ルースさん。絶対に二人の安全は守ります」

借り物であっても多くの力を操る孝太郎は二人の護衛に適した人間だ。時折舞い込む護衛任務は多少孝太郎のスケジュールを圧迫《あっぱく》しているのだが、二人を守る為なので文句はなかった。

「どちらかというと、お二人の心の方を守って欲《ほ》しいのですが」

「それは……善処します」

「はい、お願い致《いた》します。ふふふ」

ルースは常に二人の皇女を気にかけている。もちろん幼馴染《おさななじ》みである分だけ、ティアへの思いは強い。結果的にルース自身の事は後回しになりがちだった。

――――でも、守んなきゃいけないのはルースさんもだよな……。

ルースはいつも孝太郎に、ティアやクランを守って欲しいと言う。ルースの理想の男性は、ティアやクランを心身ともに守れる人間なのだ。だがルースが危ない目に遭えば、二人は悲しむだろう。つまりティアとクランの心を守る為にはルースにも無事でいて貰わなければならない。幼馴染みである分だけ、ティアは特にそうだろう。

――――ティアとクランの為だけじゃなくてさ……。

そしてなかなか正直には言えないが、孝太郎にとってもそうだった。今の孝太郎にとって、ルースの存在は決して小さくはない。額に刻まれた紋章の意味は重大だし、それがなくても状況はそう変わらない。紋章があるから大切なのではなく、互いに大切だと思うから紋章が刻まれたのだ。だからルースが居なくなったりしたら、孝太郎は困ってしまうだろう。

「あれ？」

孝太郎はそういう考え事の流れでルースを頭の先から靴《くつ》の先まで眺めていたのだが、そのおかげである事に気付いた。

「ルースさん、その服、いつもと感じが違《ちが》いますね？」

孝太郎が気付いたのはルースの私服の変化だった。ルースはいつもティアの邪魔にならないように、落ち着いた印象の服を着ている。護衛官が皇女より目立っては話にならないので、これは当然の選択《せんたく》だと言えるだろう。

「お分かりになられますか？」

「ええ、いつもよりずっと可愛《かわい》らしい感じで……」

だがこの時のルースの服装はそれとは一線を画していた。季節は既《すで》に夏の気配が感じられるので、全体的に丈《たけ》が短め。そして白や薄《うす》いブルーといった、いつもよりは派手ながらも過剰《かじょう》ではないルースらしさが感じられる配色。加えて実用性からは若干《じゃっかん》離れた、ただ見た目だけを重視したデザイン。派手過ぎないが、女の子らしさが感じられる可愛らしい服装、というのが孝太郎の印象だった。

「……よく似合ってますよ」

「ほ、本当でございますか？」

孝太郎にじっと見つめられ、ルースは僅《わず》かに顔を赤らめる。それは気付いて貰えて嬉《うれ》しい気持ちが三分の一、真《ま》っ直《す》ぐ身体を見られて恥《は》ずかしいのが三分の一、褒《ほ》められて照《て》れ臭《くさ》いのが三分の一だ。正直なところ嬉しくて踊《おど》り出したいような気分なのだが、そこはいつも控《ひか》え目《め》なルース。強い意志の力で感情を抑《おさ》え込んでいた。

「ええ………考えてみれば普段《ふだん》のルースさんの私服って半分仕事のようなものだから、本当の意味での私服って初めて見たような………だから新鮮《しんせん》です」

「おやかたさま………」

「そうかそうか、ルースさんの趣味《しゅみ》ってこんななのか………」

ルースの私服は職務上の都合でティアの隣《となり》にいる前提で選ばれている。だが、この服は明らかにそうではない。これはルースが自分自身の為に選んだ服なのだ。孝太郎とルースは既に二年以上の付き合いだが、孝太郎が真の意味でのルースの私服を見たのはこれが初めて。孝太郎にとっては印象深い出来事だった。

「………一応あの………青っぽい服にしたくて………」

「どうしてですか?」

「………おやかたさまの色に………合わせたくて………」

今のルースにはティアやクランの家臣であるという事と同じだけ大切な事がある。それは孝太郎の騎士団《きしだん》の副団長であるという事。だから私服にはそのシンボルカラーである青を使いたいなぁという思いがあった。

　そして同時にこの服は、少し前に観た夢の中で、彼女《かのじょ》が着ていた服でもあった。その夢の中のルースは孝太郎と積極的にかかわり合おうとしていた。だからそういう積極性にあやかりたいという、願掛《がんか》けの意味もあった。

「そ、そういう事でしたか……」

　今度は孝太郎が照れる番だった。孝太郎の為に選んだ色だと言われると、嬉しいやら照れ臭いやらで対応に困る。二人は互いに照れ臭そうにしながら、その場に立《た》ち尽《つ》くしていた。しばらく無言の時間が続く。

「……そ、そうだ、買い物に行かないと！」

「そうでしたね、ま、参りましょうっ」

　お互いにこの状態でずっと向かい合っているのは辛《つら》い。この照れ臭い状態から抜《ぬ》け出《だ》す一番簡単な方法は、商店街へ向かう事だった。そうなれば少なくとも向かい合わせで立ち尽くす状態からは抜け出せる。実際二人は、そうなって安堵していた。

「そうだおやかたさま、先程の話の続きを……」

　そしてルースはそれならばと、先程の仕事の話に戻《もど》ろうとした。話すべき事はまだまだ沢山《たくさん》あったのだ。

「ストップ」

「どうなさいました？」

「その話の続きは、もう少し後で」

孝太郎はルースの顔を見ず、正面を向いたままそう言った。だがそう言った時の孝太郎の顔は、少し前と同じく照れ臭そうだった。

「おやかたさま………？　………あ………」

ルースは一瞬《いっしゅん》戸惑《とまど》った。だが孝太郎の様子を見て、すぐにその理由に思い至る。その瞬間、ルースは泣き出しそうになった。しかしルースはその気持ちをグッと堪《こら》える。そうしないと折角《せっかく》の機会をふいにしてしまうからだった。

「………先程キリハ様は愛人で構わないと仰《おっしゃ》っていましたけれど………わたくしは今のまま騎士団の副団長で構いません………」

そしてルースは孝太郎の腕《うで》に自身の腕を絡《から》めると、そっとその身体を寄せた。二人はそのまま歩き始める。二人が歩く速度は先程までよりずっと遅い。その代わりに、二人の心臓が脈打つ速さはずっと速くなっていた。

「とはいえこれはもう、団長と副団長がする事ではないような気がするんですが。公私混同というか………」

「では公私混同をして貰える副団長になりたい、という事でお願い致します」

二人は身を寄せ合ったまま、夏前の穏やかな日差しの中をゆっくりと歩いていく。くっついているので多少暑いのだが、今の二人にはそれは気にならない。もっと気になるものがすぐ近くに存在していたから。

「かなりズルい事を言ってますよ、ルースさん。キリハさんに負けないくらい」

「存じております。しかし古来より女の子というものは、得てしてそういうものでございますれば」

「という事は、公に私が混じる公私混同はありで、私に公が混じる公私混同はなし？」

「以前は両方ありだったのですが、ついさっき後者がなしになりました」

「失敗したなぁ……」

「素敵《すてき》な上司に恵《めぐ》まれました。うふふふ……」

そして商店街に着くまでの時間を、二人は他愛《たあい》のない話をして過ごしたのだった。

予期せぬ攻撃　五月二十九日(日)

　ルースが異星人である、という事は既に商店街でも知られていた。しばしばティアと一緒《いっしょ》にテレビに映っていたりするからだ。ティア込みで、そうだと分かった時には商店街中がひっくり返るほどの大騒ぎになった。

「ルースちゃん、これも持っていきな。オマケだ」

「よろしいんですか⁉」

「確かティアちゃんが好きだったろ」

「ありがとうございますっ、魚安のおじさま！」

　しかし今の商店街はもう数ヶ月《すうかげつ》前の落ち着きを取り戻していた。やはり先行して二年の付き合いがあった事が大きかった。ルースが真面目でしっかり者、心優《こころやさ》しい少女である事は誰もが知っている。日本語もちゃんと通じる。外国人留学生だという点も変わらない。

だから初期の混乱から立ち直った段階で、多くの者が大した事ではないと結論した。もちろんすぐには受け入れられない者達も少なくなかったが、戸惑《とまど》う以上の動きには繋がらなかった。それに今後新たなお客様となるフォルトーゼ人を冷遇《れいぐう》して、どんな得があるのかという打算的な理由もあった。

「良かったな、ルースさん」

「はい！」

そうした多少の反発と打算的な事情を差し引いても、商店街の人々の多くがこれまで通りに接してくれるのはルースにとって嬉しい事だった。これなら日本とフォルトーゼの今後に大きな期待が持てる。私人としても公人としても、歓迎《かんげい》すべき事だった。

「ふふふ……今日は方針を変更《へんこう》して、ピザを作る事に致します」

「言われてみればそうした方が良さそうな感じになって来ましたね」

孝太郎《こうたろう》は買《か》い物袋《ものぶくろ》を覗《のぞ》き込んでルースの言葉に頷《うなず》いた。当初ルースは夕食のメニューを中華風《ちゅうかふう》の炒《いた》め物《もの》と考えていたが、安売りやおまけで貰った食材の兼《か》ね合《あ》いで、それ以外の方向へ修正された。ベーコン辺りを買い足せば、ベーコンのオーソドックスなピザとシーフードのピザが作れそうだった。

「ベーコンと小麦粉を買い足さないと」

「生地《きじ》から作るんですね？」

「はい。折角ですから、生地やソースも自分で作ろうかと」

「トマト足りますかね？」

「実は『朧月《ろうげつ》』の保存庫にトマトの買い置きがありまして」

「なるほど、そっちの消費も目的なんですね」

「あはは、よくお分かりで」

ルースは上機嫌《じょうきげん》で商店街の店を渡《わた》り歩《ある》いていく。そうする度に孝太郎の荷物は増えていく。ルースは商店街での買い物が大好きだった。買い物など大きなスーパーで一気に済ませればいいという声もあるだろうが、彼女の場合は大きなスーパーはフォルトーゼで買い物をしている気分になるのだ。効率化を進めれば両者が似てくるのは当たり前だろう。だから商店街の店主の顔が見える店の方が地球らしく感じられて好きなのだった。

「……………よし、全部揃《そろ》いました」

コンビニサイズの比較的《ひかくてき》大きな酒屋から、四畳半《よじょうはん》サイズの小さな海外食材店まで、渡り歩く事十数軒《けん》。時間にすると一時間半余りで、ルースの買い物リストの全《すべ》ての項目《こうもく》に購入《こうにゅう》済みのチェックが入った。

「それじゃあ帰りましょうか」

「……おやかたさま、それって前が見えていらっしゃいますか？」

「隙間《すきま》から辛《かろ》うじて」

そうやってルースが楽しくお買い物をした結果、孝太郎が抱《かか》えている荷物は尋常《じんじょう》ではない量に膨《ふく》れ上《あ》がっていた。前から見ると荷物の山から孝太郎の足が生えているような状態にある。幸《さいわ》い早苗《さなえ》が与《あた》えてくれている霊能力《れいのうりょく》のおかげで重さは問題ない。問題は視界で、荷物の僅かな隙間から前を覗いているような状態になっている。この状態で他人にぶつからずに済んでいるのは、やはり霊能力のおかげだった。

「おやかたさま、荷物を一度『朧月《ろうげつ》』に転送しましょう」

「大丈夫《だいじょうぶ》ですよ、このくらい」

「いけません、危険です！」

孝太郎の動きに不安はないのだが、それでもルースは危険だと断じた。孝太郎が器用に避《よ》けて歩けるのは基本的に霊力《れいりょく》を発している生き物だけだ。商店街の中はそれが分かるだけで大丈夫なのだが、一歩でも外へ出れば段差や電信柱、大きな車など、生き物を感知するだけではかわせないようなものが沢山ある。ルースにとっては十分に危険だった。

「……それに、これではわたくしからおやかたさまのお顔が見えませんし」

「ルースさん……」

「とっ、ともかくっ、人目のない場所へ移動しますっ！」

「は、はい」

一番簡単な解決法は、荷物だけを転送ゲートで宇宙船へ送ってしまう事だった。その為には他の人間が居ない場所へ移動する必要がある。フォルトーゼの技術を人目がある場所で使う訳にはいかないからだ。そういう事情で、二人は商店街の途中《とちゆう》から裏道へ入った。そこは商店街の店舗《てんぽ》の裏側で、勝手口や配電盤《はいでんばん》などが並んでいる。この場所は時折搬入《はんにゆう》用の車両がやってくるだけで、人通りは殆《ほと》んどない。ルースが期待した通り、荷物を宇宙船へ送るのに適した場所だった。そしてそれは密《ひそ》かに二人を見つめていた人物にとっても、期待通りの場所だった。


当初、その人物に与えられていたのは監視《かんし》任務だった。それは一〇六号室の人間を監視する任務で、孝太郎達《たち》に気付かれないよう慎重《しんちよう》に行われていた。人ごみに紛《まぎ》れたり、十分な距離《きより》を取ったりという具合だ。だが孝太郎とルースが買い物に出たのを報告した直後、任務は変更になった。新たな任務は狙撃《そげき》だった。

「………距離はええと、四一九二メートル？　地球の単位には慣れないな………」

急な任務の変更だったが、その人物は元々狙撃手《そげきしゅ》だったので戸惑うような事はなかった。その人物―――狙撃手はとあるビルの屋上に立ち、大型のスナイパーライフルを構えている。それは地球製のライフルで、故郷であるフォルトーゼ製のライフルとは多少使い勝手が違う。何故《なぜ》わざわざそんな事をするのかというと、地球製のスナイパーライフルで事件を起こした方がヴァンダリオン派の残党達にとっては都合が良いからだ。ナルファを殺そうとした時と事情は同じで、地球とフォルトーゼの世論に楔《くさび》を打ち込む事も目的の一つだった。

「………名門パルドムシーハ家もこれでおしまい、か………」

ライフルに取り付けられたスコープ、その中心にはルースの姿があった。地球製の銃《じゅう》で狙《ねら》うなら、まずフォルトーゼの人間だ。それ以外にもルースが狙われる理由が二つある。一つは大量の荷物のせいで孝太郎が狙いにくいという事。そしてもう一つはルースが情報分析《ぶんせき》と管理運用のスペシャリストという事だった。

ヴァンダリオン派の残党が数ヶ月前のフォルトーゼの内乱を分析した結果、ある興味深い結論を導き出した。それは魔法《まほう》や霊能力―――ヴァンダリオン派の残党達はまだその実態を知らないが―――といった超常《ちょうじょう》の力を除いて考えた場合、最大の脅威《きょうい》は青騎士《あおきし》でも皇女でもなく、実際に物事を動かしていたルースであるという事だった。

孝太郎達が何かを成そうとする時には、ティアが目標を定め、キリハがその目標を達成する為の作戦を立てる。クランは多くの場合、双方《そうほう》を補助している。そうして決まった作戦を現実の手段として実現させるのがルースだ。必要な兵士の数、武器、天候、地形、移動手段等々、ルースが取りまとめた手段で、青騎士――孝太郎を含《ふく》む実働部隊が戦う事になる。だからルースを討《う》てば、意思決定をする者と現場で戦う者の連携《れんけい》を絶つ事が出来るだろう。青騎士や二人の皇女という華々《はなばな》しい存在に騙《だま》されがちだが、ルースこそが皇女一派の中枢《ちゅうすう》神経、最大の攻撃目標なのだった。

「……流石《さすが》にこの距離では、いかに青騎士といえど気付くまい……」

カチカチ
狙撃手はライフルを操作して狙撃の準備を進めていく。狙撃手が構えているライフルは厳密には対物ライフルという非常に威力《いりょく》が高いものだ。射程は二から三キロメートルといったところ。しかしフォルトーゼの技術で改造されているので、実際の射程は大きく底上げされている。地球の武器としてはあり得ない距離からの狙撃になるので、狙撃後に敵に追われる心配はない。そもそもどこから撃《う》たれたかが分からない筈だ。もちろんフォルトーゼの正規軍が周囲を固めていれば狙撃を探知される恐れもあるが、地球の市街地においそれと軍は入れられないだろう。残る問題は孝太郎とルースの個人装備や能力だが、それでも距離のおかげで通常の狙撃と同程度のリスクに収まるだろうと思われた。総合すると、本来の射程内を血眼《ちまなこ》になって探す追跡《ついせき》部隊を尻目《しりめ》に、狙撃手は悠々《ゆうゆう》と逃《に》げ出す事が出来る筈だった。

「………現地の銃での狙撃………風変わりな任務だが、最後まで気を抜かず………」

狙撃手は引き金に指をかけると、そこで息を止めた。既に風速と風向き、気温や射程などから照準の修正は済んでいる。ライフルの銃口《じゅうこう》はルースの頭の左上に向いているが、四キロ先では彼女の額に命中する筈だ。そしてライフルの引き金は、狙撃手が息を止めているこの数秒間に引かれる事になる。

――――悪いがこれまでだ、パルドムシーハのお嬢さん………。

引き金にかかった指に力が入る。そうして指が動き始めて、引き金を引ききるまでの時間、それがこの狙撃手にとって一番時間を長く感じる瞬間《しゅんかん》だった。そしてその瞬間に、異変は起こった。

ドォンッ

「なんだっ⁉」

発射の瞬間とほぼ同時に、スコープからルースの姿が消え失《き》せ《う》た。この時点で狙撃は失敗だった。対物ライフルの弾速は毎秒千メートル近い凄《すさ》まじい速度だが、それでも四キロ先まで飛ぶには四秒以上の時間がかかる。驚《おどろ》いた狙撃手は慌《あわ》ててライフルから手を放し、手元のコンピューターを操作する。近くに狙撃の観測員を務める専用のロボットがおり、一部始終を記録しているので、その映像を観る為だった。

「ウッ!?」

映像を観た狙撃手はそこで驚愕《きょうがく》した。ロボットが記録している四キロ先の映像には、抱《だ》き合うようにして立つ青騎士とルースの姿が映っていた。青騎士が咄嗟《とっさ》にルースを引き寄せて狙撃をかわしたのだ。それだけでも驚くべき事なのだが、狙撃手を驚かせたのはその事ではなかった。

――青騎士にはこっちが見えている！

映像の中の青騎士は、真っ直ぐに狙撃手を見つめていた。それはつまり青騎士がカメラがある方向を見ているという事だった。

チュンッ

その直後、孝太郎の右方で地面に小さな穴が開く。発射から四秒余りが経過して弾《たま》が着《ちゃく》弾《だん》したのだ。だが狙撃手にはそれを確認《かくにん》している余裕《よゆう》はなかった。あり得ない出来事に遭《そう》遇《ぐう》した恐怖《きょうふ》で、その場に立ち竦《すく》んでいた。

孝太郎が狙撃を感知したのは、狙撃手が息を止めたその瞬間だった。狙撃手は幾度《いくど》も戦場を経験した優秀《ゆうしゅう》な戦士なので、その分だけ殺意が明確になっている。孝太郎の目にはその殺意が霊力の線になってルースの額を貫《つらぬ》いているのが見えた。四キロ以上先からやってきた殺意だが、それでも一目でそれと分かる強い殺意だった。

「ルースさんっ！」

孝太郎は迷わず全ての荷物を投げ捨てると、ルースの手を掴《つか》んだ。それとほぼ同時に、殺意の線がほんの一瞬《いっしゅん》強くなる。攻撃が行われた時に特有の兆候だった。

「間に合えっ‼」

そしてルースの手を思い切り引っ張る。孝太郎には殺意の線が見えているだけなので、この時点では敵が攻撃してくるという事しか分からない。近かったらアウトなので、孝太郎は焦《あせ》っていた。殺意の線の質からして、敵が狙いを外すとは思えなかったのだ。

「おっ、おやかたさまぁっ⁉」

二人にとって幸運だったのは、ルースが一切《いっさい》逆らわなかった事だった。彼女は突然《とつぜん》の孝太郎の行動に驚いたものの、無抵抗《むていこう》にされるがままになった。やはりそこはルース、孝太郎に逆らう発想は最初から持ち合わせていない。そうして彼女はそのまま孝太郎にしっかりと抱き留《と》められた。

「これから攻撃されます！」

「ええっ⁉」

驚くルースをそのままに、孝太郎は殺意の出所を探す。霊力が描《えが》く殺意の線は攻撃の手段によって様々に変わる。剣で薙《な》ぎ払《はら》うなら弧《こ》を描くし、ドラゴンの火炎《かえん》の息などは円錐《えんすい》形《けい》の領域になる。今回で言えばほぼ直線で、射出武器特有の形状をしていた。

「あそこかっ⁉　まさか、あんなところから‼」

殺意の出所は四キロ以上先にあるビルの屋上だった。地球においては遠距離《えんきより》狙《そ》撃《げき》の最高記録は三キロを超《こ》える程度で、これほどの遠距離狙撃は考えられない。孝太郎にはその知識はなかったが、遠すぎる距離から自然と犯人を直感した。

ゴスンッ

その時、直前までルースが立っていた位置を通《とお》り抜け、アスファルトの道路に直径数センチの穴が開く。狙撃に使うライフルの銃弾《じゅうだん》は秒速千メートル近い速度で飛ぶ。それでも数キロの距離を飛ぶのに四秒ほどの時間を要する。この時間的余裕のおかげで、孝太郎とルースは難を逃《のが》れた格好だった。

「狙撃されている!?」

「ルースさん、ヴァンダリオン派です！」

この時点で孝太郎は犯人を地球に残っているヴァンダリオン派の残党の仕業《しわざ》だと考えていた。銃弾から霊力や魔力《まりょく》は感じられず、狙撃としては信じられないほどの遠距離。この条件を満たす相手はフォルトーゼの軍事組織以外には考えにくかった。

「移動します！」

「きゃっ!?」

孝太郎はルースを抱えたまま走り出した。狙われているのは分かっていたので、物陰《ものかげ》に隠《かく》れようというのだ。対物ライフルの威力からすると物陰に隠れたぐらいでは安心できないが、とりあえず狙撃手から見えない位置に逃げ込むのは重要だった。

ゴスンッ

孝太郎が走り出した直後、再びアスファルトに大きな穴が開いた。場所はもちろん孝太郎が直前まで立っていた位置。動かずにいたら直撃《ちょくげき》を受けていただろう。

——危なかっ………いや、走らされている!?

孝太郎は二発目の狙撃から狙撃手の意図を感じ取った。狙撃されたと感じた時、孝太郎は反射的に一発目とは反対方向に逃げていた。ルースを引っ張った方向とも一致《いっち》しているので、その勢いが邪魔にならない合理的な判断だった。その先には身を隠せそうな自動販《はん》売機《ばいき》や看板がある。二発目は孝太郎が最初に立っていた位置に撃ち込まれた。自然とそのまま遮蔽《しゃへい》物の陰《かげ》に飛び込みたいところなのだが、もし二発目がそうさせる為に撃ち込まれたのだとしたら――――そういう考えが脳裏《のうり》を過《よぎ》ったのだ。

「剣よ！」

孝太郎は剣を呼ぶのと同時に、ほんの僅かな時間だけ足を止めた。

ゴスンッ

すると孝太郎がもう一度走り出すのとほぼ同じタイミングで、孝太郎が逃げ込もうとしていた自動販売機の手前にこれまでと同じサイズの穴が開く。

――――やっぱり誘《さそ》われてたか！

銃弾をルースの位置、孝太郎の位置と連続で撃ち込んで孝太郎を遮蔽物の方向へ誘導《ゆうどう》、遮蔽物の手前で止《とど》めを刺《さ》す。超遠距離狙撃《ちょうえんきょりそげき》、発射から着弾まで数秒の遅延《ちえん》がある戦いでこの思考が出来るかどうかは狙撃手の力量を大きく左右する。そして今回の相手は出来る狙撃手、つまり強力な敵だった。

――――となると次は！

孝太郎は狙撃手の次の手を予測する。するとそれを証明するように、複数の殺意の線が周囲に降り注ぐ。その数は四本。孝太郎に三発目の狙いを見破られたので、連射で逃げ道《みち》を塞《ふさ》ぐ手に切り替《か》えたのだ。

「頼《たの》む、シグナルティンッ！　サグラティンッ！」

早苗が書き込んでくれている霊力の回路のおかげで、孝太郎の身体能力は通常の人間を大きく上回っている。だがルースを抱えている場合、鎧《よろい》のパワーアシスト機能抜きでは細かく回避《かいひ》している余裕がない。そこで孝太郎は、出現したばかりの二本の剣《けん》に防御《ぼうぎょ》を任せる事にした。孝太郎を守るような位置に出現した二本の剣は、即座《そくざ》に命令に従い黄色い光を放って二人を守る魔法の盾《たて》を発生させた。

ゴスゴスゴスッ

三発はこれまでと同様にアスファルトに穴を開けた。問題は最後の一発で、これは不幸にして孝太郎とルースに命中した。

ギインッ、ゴッ

だがこの一発は剣が発生させた魔法の盾が防ぎ切った。弾道《だんどう》に対して斜《なな》めに配置されていた魔法の盾は、消滅《しょうめつ》するのと引《ひ》き換《か》えに、上手《うま》い具合に弾の向きを変えてくれた。おかげで銃弾は孝太郎の頬を掠《かす》めただけで終わり、孝太郎にもルースにも怪我《けが》らしい怪我はなかった。銃弾を防げたのは魔法の盾の防御力というよりも、銃弾の出所が分かっていたからだ。もしそれが分からずに盾を適切な角度で配置出来ていなかったら、二人は危なかっただろう。

「よしっ！」

その直後、孝太郎は遮蔽物の陰に飛び込む事が出来た。魔法の盾を消滅させたのを最後に、狙撃は止まっていた。これは単純な対物ライフルの弾切《たまぎ》れだ。対物ライフルの大半は、射程や威力と引き換えに、装弾《そうだん》数が低いという欠点を持っているのだった。

「おやかたさま、狙撃手のところに無人機を送り込みます！」

そしてここからルースの反撃《はんげき》が始まった。彼女は孝太郎に抱えられたまま腕輪《うでわ》を操作して敵がいるビルの屋上に無人の小型戦闘機《せんとうき》を送り込んだ。ルースは孝太郎から狙撃手の居場所を教わっていないが、二本の剣が出現した段階で彼女はそれを知る事が出来た。ルースの額に刻まれた紋章が剣の出現と同時に黄色く輝《かがや》き始め、孝太郎の頭の中にある情報を彼女に伝えてくれたのだ。

「頼む！」

ルースの無人機は『朧月《ろうげつ》』から転送ゲートを使って送り込まれたので、孝太郎が返事をした頃《ころ》には既にビルの屋上で敵を探し始めていた。そして孝太郎の方は、今も移動を続けていた。対物ライフルが相手では、多少の遮蔽物があっても、遮蔽物ごと撃ち抜かれる。また物陰に逃げられた場合の対策もあるかもしれない。まだ気を抜いて良い状況《じょうきょう》ではなかったのだ。

「………えっと、あの………おやかたさま………」

「ルースさん、もう少し移動します！　ちょっとだけ辛抱《しんぼう》して下さい！」

「いえ、それはいいんですけれど………」

この時、何故かルースの頬は赤らんでいた。抱き抱えられて走っているのが恥ずかしいというのはもちろんなのだが、一番の理由はそれではなかった。

「怪我でもしましたか？」

「えと………いえ、後で話します………今は………」

ルースは恥ずかしそうにそう言って軽く俯《うつむ》くと、自らの頬を孝太郎に押《お》し当《あ》てるようにしてしっかりとその身体《からだ》にしがみついた。実は紋章が伝えてくれていたのは敵の位置だけではなかった。孝太郎がルースを大切に思う気持ち、絶対に失いたくないという強い気持ちを、ありありと伝えてくれていたのだった。

狙撃に限らず、陸戦における超遠距離攻撃《ちょうえんきょりこうげき》には『撃ったらすぐに移動せよ』という鉄則がある。攻撃出来たという事は、同じ弾道を使えば反撃出来るという事でもあるからだ。この事は地球だけでなく、フォルトーゼの軍でも叩《たた》き込まれる。特にフォルトーゼの場合は地球以上に探知技術や反撃の為《ため》の手段が数多く揃っているので、今回のように高い場所からの超遠距離狙撃であっても反撃は当然と考える。実際、ルースは狙撃地点を知ると即座に無人小型戦闘機を送り込んできた。あらかじめそういった反撃を想定し、脱出《だっしゅつ》のプランを練る事までが軍の狙撃作戦の基本だった。

「無事に帰って何よりだ、ファスタ。お前ほど腕の良い狙撃手は居ないからな」

そしてもちろん反撃だけでなく失敗も想定されている作戦計画なので、ラルグウィンは狙撃に失敗して帰還《きかん》した狙撃手に怒鳴《どな》り散《ち》らすような事はなかった。これがヴァンダリオンであれば激昂《げきこう》して大騒《おおさわ》ぎになっていただろう。そのあたりも指揮官としての性質の違いが如実《にょじつ》に表れていると言えるだろう。

「………作戦失敗は私の責任です。どのような処分も覚悟《かくご》しております」

そう固い声で答えた狙撃手は、作戦を通して被《かぶ》っていた覆面《ふくめん》を取った。その覆面の下から出て来たのは、驚いた事に女性の顔だった。それもかなり若い女性だ。実際の年齢《ねんれい》はどうなのかは分からないが、少女と言って通じるような容姿をしている。だがその表情は言葉同様に固い。ラルグウィンが常に冷静なのは彼女も良く知っている。彼《かれ》は笑顔《えがお》で失敗した部下を処分できる男なので、狙撃手――ファスタは彼の言葉を額面通りには受け取らなかった。

「まあ落ち着け、ファスタ。実のところ最初から恐《おそ》らく失敗するだろうと思ってお前を送り出したのだ」

「えっ?」

そんなラルグウィンの言葉にファスタは驚愕して目を見開く。この時のラルグウィンの言葉は想定外だった。彼の慎重な性格からして、確実に成功すると思うから送り出したのだろうと思っていたのだ。

「そう思えばこそ、虎《とら》の子の霊子力《れいしりょく》遮蔽装置を持たせたのだ」

実はファスタが無事に帰還できたのは、ラルグウィンが持たせた霊子力遮蔽装置のおかげでもあった。

ファスタは弾倉《だんそう》に込められた七発の銃弾を使い切った時点で、作戦計画に沿って脱出を開始していた。だからルースの無人機が狙撃地点のビルの屋上にやって来た時には、ファスタは既に屋上を離《はな》れていた。この狙撃作戦における脱出プランは、ファスタがいかに早

く地上へ降りるかにかかっていた。フォルトーゼの無人機は追跡能力が高く、特に情報収集と管理に長《た》けたルースが操《あやつ》る場合は、通常以上の精度で追跡してくる。しかし無人機はフォルトーゼの兵器なので、おいそれと町に下ろす訳にはいかない。宇宙時代であっても他国の領土内では大々的に軍を動かせないので、無人機を狙撃地点に瞬間的《しゅんかんてき》な反撃として送り込む事は出来ても、そのまま追跡に使う訳にはいかないのだ。だからファスタが地上へ降りた段階で、孝太郎とルースは、より小規模な追跡チームと機材に切《き》り替えねばならない筈《はず》だった。

そしてそれこそがラルグウィン達《たち》のつけこみどころだった。切り替えで時間的な遅延が生じ、追跡の精度も低下。更《さら》に霊子力遮蔽装置を使う事で、ファスタの脱出をより確実なものとする。こうして彼女は無事に帰還した。そしてもしこの作戦が狙撃成功を前提としているなら、霊子力遮蔽装置を使うほどの脱出プランは必要ない。その場合はルースが死んでいるので初動の対応が出来ず、そんなものがなくても十分に逃げ切れる筈だった。

「では何故《なぜ》狙撃を？　失敗すると分かっているのに………」

「相手は青騎士《あおきし》だぞ？　我々が普通《ふつう》に戦っても勝てない相手なのはヴァンダリオン閣下で証明済みだ。今回は青騎士のデータ取りが主な目標で、パルドムシーハの小娘《こむすめ》はついでに首が取れればいいという程度の目標だった」

「そういう事でしたか………」

ここでファスタにもようやくラルグウィンの意図が分かってくる。狙撃に対して青騎士《あおきし》がどのように反応、対応するかが知りたかった。だがただデータ取りで青騎士を狙撃するぐらいなら、より効果的なターゲットと一緒の時を狙う。当初は困惑《こんわく》したファスタだったが、詳《くわ》しく説明されるとラルグウィンらしい考えだと納得《なっとく》していた。そしてここでようやく彼女は、自分が処分される事は無さそうだと理解した。

「とはいえ流石にかわされるとは思っていなかったのだが………」

ラルグウィンは忌々《いまいま》しそうに表情を歪《ゆが》める。そう、その事だけがラルグウィンの予想を超えた部分だった。ラルグウィンの想定では、防がれる事はあるだろうと考えていた。強力な防御力や立体映像を使ったかく乱はこれまでの戦いでも確認されていたからだ。しかし蓋《ふた》を開けてみれば、孝太郎は狙撃を『回避』した。超遠距離《ちょうえんきょり》の狙撃の場合、発射時の銃口の閃光《せんこう》に気付いて回避するのは不可能ではない。今回青騎士がそうやって回避したとは限らないが、ともかく殆ど手掛《てが》かりもなく超音速《ちょうおんそく》で飛んでくる銃弾を回避できる敵であるという事は間違《まちが》いない。これはラルグウィンではなくても頭を抱えたい問題だった。

「……………ラルグウィン様、発言をしても構いませんか？」

「言ってみろ」

「半信半疑であったので報告には含めませんでしたが、恐らくですが……青騎士がかわしたのは私が撃った後ではありません。私には、こちらが撃つ直前に回避行動に入ったように感じられました」

青騎士は撃つ直前に回避行動に入った——それは報告に含めるには感覚的すぎる話だし、命乞《いのちご》いや言い訳にも聞こえかねない。しかしラルグウィンの意図を理解した今この瞬間には、必要な情報だった。

「撃つ前だと？」

ラルグウィンの瞳《ひとみ》が鋭《するど》い光を放つ。実はヴァンダリオンが真竜弐式に限定的だが未来を予知する技術を導入したという話はラルグウィンの耳にも届いていた。ＤＫＩ——現在は青騎士が保有している企業《きぎょう》——の研究素材を強奪《ごうだつ》したという話だった。だからこの時のファスタの報告はラルグウィンの興味を惹《ひ》いた。

「はい、自分の目がまだ信じられません。ですがあくまで感覚的なものですので、あえてお訊《たず》ねするのですが、解析《かいせき》結果はどうなっているでしょうか？　本当に青騎士は、発砲《はっぽう》直前に回避をしているでしょうか？」

軍では作戦行動は全て電子データとして記録されている。複数に分かれて記録されているデータを統合して詳細《しょうさい》に分析すれば、ファスタが感じたものの裏が取れる筈だった。

「どうだ、オペレーター？」

ラルグウィンは軽く背後を振《ふ》り返《かえ》り、部下に指示を出す。興味を惹かれる話なので、彼も解析結果を知りたいと思っていた。すると何秒もしないうちにラルグウィンとファスタの目の前にある三次元モニターに解析結果が示された。

「……信じ難《がた》い話ではあるが、どうやらお前が言う通りのようだ。青騎士《あおきし》は発砲の前に回避運動に入っている」

ファスタが着ている戦闘《せんとう》用スーツの動作ログにある引き金を引いた時間と、観測員ロボットの記録映像を比較《ひかく》した結果、孝太郎が回避を始めたのは確かにファスタが引き金を引く直前だった。

「化け物め……これでは倒《たお》しようがありません」

撃った瞬間、あるいは撃った後に回避を始めたのであれば分からなくもない。だが青騎士が回避を始めたのは撃つ前だった。一瞬後に撃つ、それを知っているのはファスタ本人しかいない。見て分かるようなものではないのだ。だが青騎士は数キロ先からそれを可能とする。狙撃手の常識を遥《はる》かに上回る敵だった。

「そう興奮するな。相手は伝説の英雄《えいゆう》だぞ？　それくらいはやってくる」

「しかし……」

「まあ落ち着け、ファスタ。これからその力の秘密を解き明かそうというのだ。我々もいずれああなれる」

驚き落胆《らくたん》しているファスタとは違《ちが》い、ラルグウィンは楽しげだった。敵が使ってきた謎《なぞ》の力、これまではそれに驚愕するだけであったが、今は違う。一歩ずつだがその謎に近付いている。ラルグウィンの手の中に霊子力遮蔽装置があるのは紛《まぎ》れもない現実だ。それは既《すで》に青騎士達《たち》の力を僅《わず》かにだが削《そ》ぐ事に成功しているという事。落胆する必要などない。いずれ全てを手に入れればいいというだけの話だった。

「ともかくよくやってくれた、この失敗はお前の責任ではない。お前は十分に役目を果たしている」

「……………そう言って頂けると助かります」

ファスタは一応そう答えたが、胸の内にはまだ様々な感情が燻《くすぶ》っている。彼女《かのじょ》の感覚的には幽霊《ゆうれい》と戦って帰って来たかのようで、誰《だれ》かにはっきりとした答えを貰《もら》いたくて仕方がない気分だった。

「それにこれだけ分かっただけでも、幾《いく》つか手が打てる」

「そうなのですか？」

「ククク、まあ見ていろ。すぐにお前が胸を張れるようにしてやる」

ラルグウィンの感覚では、青騎士は幽霊などではなかった。青騎士は謎の技術で身を固めているが、あくまで一人の人間なのだ。そして今回のファスタの狙撃のおかげで、謎の一部が現実として読み取れた。戦いようはある。ラルグウィンは満足げに笑っていた。

ルースが狙われたのは、ヴァンダリオン派の残党に最も危険な敵だと認識《にんしき》されているからだろう、というのがキリハの読みだった。現在のヴァンダリオン派の残党は、地球で孤《こ》立《りつ》した状態にある。フォルトーゼ本国にいるヴァンダリオン派の主力は全面降伏《こうふく》し、武装解除に応じている。まだ各地で小さな勢力が小競《こぜ》り合いを繰《く》り返してはいるが、そうした勢力には地球のラルグウィンに援軍《えんぐん》や物資を送る余裕はなかった。無論、情報に関してもそうだ。結果的にラルグウィン達は多くのものを現地調達して賄《まかな》うような状況にあった。これはテロ組織の状況とよく似ている。だとすると彼らにとって一番恐ろしいのは、情報戦で追《お》い詰《つ》められる事だった。

通常テロ組織は国の軍事組織よりも規模が小さい為に、大きなテロ攻撃の決行には多くの準備を要する。他の多くのテロ組織と連携しなければならないし、その為に必要な物資は少なくないからだ。それは長い時間、多くの秘密を守らねばならないという事。情報担当者がそれらを嗅《か》ぎ付《つ》けるのを防がねばならないのだった。

そして情報担当者として見た場合、ルースは余りにも優秀過ぎた。彼女は単に物や情報の管理や運用が得意なだけなのだが、テロ組織に準じる敵と戦う場合にはそれが大きな武器になる。物や資金、情報の流れ、人の繋《つな》がり等々、それらを管理してまとめる事で敵の狙いや本拠地《ほんきょち》を知る事が出来てしまう。要するに戦いの質が変化した結果、ルースの力が戦いの結果を大きく左右するようになってしまったのだ。だからこそ最初に狙われたのが彼女だったのだ。

「ルースの力は戦いの規模と比例して大きくなる。我がテロリストのリーダーであったとしても、真っ先に狙うだろう」

「それは買いかぶり過ぎでは……」

「そんな事はない。わらわをずっと守って来た護衛官は優秀じゃっ！　ふふん♪」

キリハの指摘《してき》はルースには実感がなかったが、何故かティアは自慢《じまん》げだった。ティアはまるで自分が褒《ほ》められたかのように胸を張っている。結果的に幼馴染《おさななじ》みのルースが褒められているのが嬉《うれ》しいのだ。だが最近のティアはそこで終わらない。既に頭の中ではルースをどう守ろうか、その計画が進められていた。

「それに例の霊子力遮蔽装置の問題もありますわね」

それまで黙《だま》っていたクランがキリハの話を補足する。クランは技術的な話も背景にありそうだと感じていた。

「どういう事だ？」

「ベルトリオン、ヴァンダリオン派が手にした霊子力遮蔽装置は、埴輪《はにわ》達《たち》よりも技術的には遅《おく》れたものであったのでしょう？」

「確かそういう話だったな。そうだよな？」

『時代遅れだホー』

『何十年も遅れた技術だホー』

「だとしたら、その差を埋《う》める為にもパルドムシーハを狙う必要があるのですわ。わたくし達の情報の解析能力を下げれば、技術差は大きく縮まりますもの」

探知や追跡というものは、探知する装置と収集した情報の解析、双方を掛《か》け合わせて初めて効果を発揮する。だから装置の技術が遅れているなら、敵の解析能力を下げてしまえば良い。その解析力を生み出しているのは紛れもなくルースだ。つまり技術が遅れているという点でも、ルースを狙う意味があるのだった。

「いわれてみればさー、あたし達ルースがいないと困るよね。買い物とかさー」

「冷蔵庫に何が入ってるのかぁ、全部知ってるのルースさんだけですぅ」

この時早苗とゆりかが口にした言葉は一見無関係にも聞こえるのだが、実は本質を突《つ》いている。一〇六号室においては、冷蔵庫の中身という物資管理を、ルースが一手に引き受けている。そして彼女以上にそれを上手く出来る人間が居ない。だからルースが突然何日か一〇六号室を離れれば、孝太郎達の食事事情はおかしな事になる。部屋に出入りする人間が多くなり過ぎているので、冷蔵庫の管理はかなりシビアなのだ。キリハと晴海《はるみ》が同時に動員されて、ようやく持ちこたえるような状況と言えるだろう。

「ともかく……実際に狙撃されたルースさんはもちろんだけど、今後はクランやキリハさん、それと桜庭先輩《さくらばせんぱい》もかな？　主に頭脳労働が得意な人達に、きちんとした警護を付ける必要があるな」

話が一段落したのを感じた孝太郎は、大真面目《おおまじめ》な顔でそう言った。かねてから孝太郎が心配していた事が現実になっていた。もし頭脳派メンバーが欠けたなら、孝太郎達は敵を見失う。そして実際、敵はルースを攻撃《こうげき》してきた。弱点を攻撃されていると分かっているのに、このまま何もせずに放置するのは愚《おろ》かな事だろう。それに厳密に言えば頭脳派だけではない。単に頭脳派を狙えば全体が麻痺《まひ》するというだけで、他の少女達にも十分に狙われる理由がある。孝太郎は根本的なところから防衛体制の刷新が必要だと考えていた。

「ふふ……」

孝太郎の言葉を聞いて、ルースは小さく微笑《ほほえ》んだ。ルースには今の孝太郎の気持ちが誰よりもよく分かっている。狙撃された時に紋章《もんしょう》を経由して伝わって来た気持ちが、今は全員に向けられている筈なのだ。だからルースは微笑む。確かに狙撃された事は恐ろしかったが、孝太郎の気持ちがその何倍も嬉しい。おかげで今のルースは恐慌《きょうこう》状態に陥《おち》らずに済んでいる。そして彼女はこの事を、後で他の少女達にも教えるつもりでいた。

「はいはーい！」

孝太郎に続いて、静香《しずか》が手を上げて発言権を求めた。彼女も孝太郎と同じ事を心配していたので、既にアイデアがあったのだ。

「さしあたってはさ、私達肉体労働が得意な人間が、頭脳労働が得意な人とペアになって動くってのはどうかしら？」

防御の為の人員と機材の配置はこれから決定していく事だが、それまで無策でいる訳にはいかない。そこで戦いが得意なメンバーが頭脳労働が得意なメンバーを守るのが良いのではないか、というのが静香の考え方だった。

「それと屋外など、今回のような狙撃が疑われる場所を移動する場合には、常に軍用の個人用バリアー発生装置を使う事。可能なら科学・霊力・魔力、三系統で守りたいところじゃのう」

ティアの意見は装備の追加だった。単なる襲撃《しゅうげき》ならともかく、今回のような超遠距離の狙撃では、幾ら戦闘の天才であるティアであっても防ぎ切れない場合がある。体制が整うまでは、強力な防御手段を常に使い続ける必要がありそうだった。

「正式な防御態勢が整うまで、不要な外出を避《さ》けるというのも重要ですね」

晴海の案は、外出を避ける事で、敵に隙《すき》を見せないというもの。彼女らしい慎重な防御手段と言えるだろう。

「まとめると今日から始める事は………一人にならない事、常に防御手段を用意する事、不要な外出は控《ひか》える事、という感じでしょうか」

最後に真希《まき》が話をまとめる。このメンバーで出来る事は限られるが、何もしないよりはずっといい。その間に人員と装備を集め、防御を刷新するのだ。

「ホラー映画みたいに、こういう話をしたのに何故か一人で出歩くのはなしだぞ」

孝太郎が念を押す。気紛《きまぐ》れな少女やうっかりものの少女もいるので、孝太郎はついつい心配になってしまう。

「あれはなんでなんだろーね。危ないってゆーのに、わざわざ一人になってさー」

訳知り顔で頷《うなず》く早苗。だが実のところ危ないのは彼女だ。感情が先行して行動してしまい、気付いた時には一人という事はよくある事だった。

「お話ですからねぇ。そうしないと事件が起きませんしぃ」

ちなみに早苗以上に危ないのはゆりかだ。うっかり一人になってしまうのは目に見えていた。ゆりかの動きには注意しておこう、それが早苗と本人以外の共通認識だった。

『シズカは一人で大丈夫《だいじょうぶ》だぞ。儂《わし》が常に守っている』

「じゃが対物ライフルで狙撃《そげき》されればシズカの体重は一気に増えるじゃろう」

「最悪じゃないの！」

ヴァンダリオン派による狙撃は、孝太郎達《たち》の生活に波紋《はもん》を作った。今のところは大きな問題ではなかったが、同じような事が続けば波紋は重なり合い、大きな波になるかもしれない。だからそうなる前にきちんと対策を立て、波となるのを防ぐべきだ――孝太郎は少女達の話を聞きながら、そんな事を思っていた。


ルースが真っ先に狙《ねら》われる理由は、彼女が情報の収集と管理、解析のエキスパートである事だろう。だが孝太郎はこうも思った。ルースが誰よりも情報を上手く扱《あつか》うからと、全員が彼女に頼《たよ》り過ぎているのではないか、と。だから結果的に多くの事をこなすルースが目立ってしまう。つまりやれる事は自分でやるようにすれば、ルースが注目されずに済むようになるのではないか、それが孝太郎の考えだった。

「………クラン、フォルトーゼのコンピューターの使い方をちゃんと習いたいんだが」

そこで孝太郎が思い付いたのが、自分もフォルトーゼのコンピューターの扱い方《かた》を習うというものだった。ルースに任せている仕事のうち、簡単なものだけでも自分でやれるようになれば、彼女の負担は減る。それは彼女が狙われずに済むという事に繋がっていく筈だった。

「どうしましたの、急に?」

「情報周りの仕事を何もかも任せているから、ルースさんが狙われる訳だろう?」

「まあ………そう言えなくもありませんわね」

情報関係の仕事はクランも担当しているが、彼女の担当は暗号の解読やハッキングといった、攻撃的《こうげきてき》な情報に集中している。それ以外の事はルース任せになっているので、クランの視点からも孝太郎の言葉に間違いはないように感じられた。

「だったらちょっとでも俺《おれ》がやれるようになれば、その分はルースさんが安全になる」

「………あなたにしては冴《さ》えた思い付きですわね」

　クランはちらりと自分の手元に目を落としてから、孝太郎に笑いかけた。孝太郎がコンピューターの扱いを覚えたとしても、ルースの負担を減らす事に繋がるかどうかは分からない。それだけルースは優秀なのだ。だが負担を減らそうと考えた事が素晴《すば》らしいし、その努力は思わぬ結果をもたらすかも知れない。無駄《むだ》だと笑う必要など何処《どこ》にもない。それは彼女の手の中にある真空管が、何よりも雄弁《ゆうべん》に教えてくれていた。

「とはいえそれでお前の仕事の邪魔《じゃま》をするのもアレだから、かわりにフォルトーゼのコンピューターの先生を紹介《しょうかい》して貰えたらなぁなんて思ったりしたんだが―」

　孝太郎は最初クランに習おうと考えた。コンピューターそのものの扱いで言えば、ルースよりクランの方が長《た》けているのだ。だがクランはクランで忙《いそが》しそうだった。クランはフォルトーゼ側の技術顧問《こもん》として働いているので、地球とフォルトーゼが国交を持った日から忙しそうにしていた。そこで孝太郎はクランに習う事を断念、代わりに教師を紹介して貰う事にしたのだった。

「コンピューターの先生か……ちょっとお待ち下さいな」

　クランはコンピューターを手に、孝太郎の先生になれる人物を探し始めた。孝太郎は大真面目な顔でコンピューターが表示している映像を覗《のぞ》き込む。クランが先生の候補として考える人物の顔が次から次へと流れていった。

「頼むよ、今回は冗談抜《じょうだんぬ》きで――」

「おやかたさまにはわたくしがお教え致《いた》します」

そんな時の事だった。話題の中心であるルースが、孝太郎の言葉を遮《さえぎ》るようにして先生役に立候補した。いつも控え目なルースなので、自分から意見を述べる事も珍《めずら》しければ、そもそも孝太郎の言葉を遮る事自体が珍しい事だった。

「それじゃあ俺の教育の分だけルースさんの負担が増えて、本末転倒《ほんまつてんとう》ですよ？」

孝太郎としてはありがたい話ではあるのだが、ルースの負担を減らす為の話をしているのに、そのルースが教えていては逆に負担が増える。考えられない話だった。

「わ・た・く・し・がっ、お・お・し・え・い・た・し・ま・すっ」

ルースは笑顔だった。いつも通りの優《やさ》しく穏《おだ》やかな笑顔。しかし孝太郎はこの時、その笑顔の向こう側からただならぬ迫力《はくりょく》を感じていた。同じ事はいつもよりもややゆっくりと話す言葉からも感じられていた。

「………ハイ、よろしくお願い致します」

その出所不明の迫力に圧倒《あっとう》され、孝太郎は思わず首を縦に振ってしまった。孝太郎は本末転倒だと重々分かってはいたのだが、この時のルースに逆らう勇気はなかった。

それぞれの思惑　五月三十日(月)

エルファリアは皇帝《こうてい》になる前に考古学の研究で名を残していたが、実はもう一つ大きな功績を残している。それは絶滅《ぜつめつ》したと思われていた植物を再発見し、増やす事に成功した事だった。その植物はルブストリという名前の木で、その葉から作られた紅茶は、二千年前の皇帝アライアが好んで飲んだとされている。今ではその種は全国に広がり、多くの国民が好んで飲むようになった。もちろんそれはエルファリア自身も同じだった。

「この紅茶を飲むと、何だか気持ちが落ち着きます」

ナナは一旦《いったん》カップを皿の上へ戻《もど》すと、テーブルの向こう側にいる人物に笑いかける。そこに居るのはエルファリアだ。紅茶を淹《い》れたのは彼女で、二人は午後のお茶会の真っ最中だった。

「その感覚が好きで、伝説の皇帝アライア陛下も好んで飲んだとされています」

エルファリアも同じように笑い返す。幼さが残る容姿のナナと、大人の女性然としたエルファリアが笑顔を交《か》わす姿は、どこか親子のような空気感がある。誰かがそれを指摘すればエルファリアは怒《おこ》るだろうが、ナナはその通りだと笑うだろう。ナナは優しさとユーモアが同居するエルファリアを慕《した》っていた。

「そうでしたか。有名なあのお姫様《ひめさま》が……」

「うちのティアは何も感じないようですが」

「まぁ……ふふふ……」

ナナとエルファリアは、しばしばこうしてお茶会をする。その理由は主に仕事の息抜《いきぬ》きだった。ナナはフォルサリアの外交使節としてフォルトーゼを訪《おとず》れている。今後フォルサリアをどうしていくのかとか、魔法《まほう》というものがどういうものなのかなど、エルファリアに伝えなければならないからだった。するとどうしても話は長くなり、しばしば休憩《きゅうけい》が必要になる。そういう時にこうして二人でお茶を飲む、という訳なのだった。

「ティアミリス殿下《でんか》達《たち》は、今頃《いまごろ》どうしておられるでしょうか……」

ティアの話が出たので、自然とナナは地球の事を思った。するとエルファリアは僅かに目を細め、笑顔の質を変える。それはやはり母親の顔だった。

「ふふ、それなりの苦労はあるでしょうけれど、きっと楽しくやっているでしょう」

地球とフォルトーゼは、最速の宇宙船を使っても十日ほどかかる距離《きょり》にある。だから今のティア達の様子は想像するしかなかった。地球とフォルトーゼは今、一番難しい時期にさしかかっている。フォルトーゼは日本と国交を樹立した訳だが、異なる文明同士が接《せっ》触《しょく》する場合は、やはり一番難しいのは最初の頃なのだ。その舵取《かじと》りをしているのが、全権委任を受けたティアとクラン、二人の皇女だ。恐らく二人は目が回りそうな忙しい生活を送っているだろう。だがエルファリアは心配していない。ティアとクランの傍《そば》には孝太郎《こうたろう》がいる。孝太郎はきっとティアとクランを心身ともに守ってくれるだろう――エルファリアはそれを太陽が東から昇《のぼ》るのと同じくらい、固く信じていた。

「陛下は里見《さとみ》さんの事を随分《ずいぶん》買っておられるのですね？」

エルファリアは口にしなかったが『楽しくやっている』という言葉の中に孝太郎の存在が含《ふく》まれている事をナナは強く感じていた。

「それはそうですよ、フォルトーゼを二度も救った伝説の英雄ですから」

「陛下も一度救われておられますよね？」

「ええ。ですから心配などしません。楽しくやっていれば良いと思うだけです」

「陛下にとって里見さんは……」

その先に続く言葉を、ナナは呑《の》み込んだ。それを口にするとエルファリアを困らせると思ったのだ。

「どうしました？」

「いえ、何でもないです。陛下にとって里見さんは、最後の切り札なんですね？」

「ふふ、娘達《むすめたち》を安心して任せられる相手ですから……そういう事になりますね」

だからナナは他《ほか》の事を訊《き》いた。人生というのは複雑だ。思うようにならない事は日常茶飯事《にちじょうさはんじ》。だから訊かない方が良い事も存在しているのだった。

「でもそういう意味だと……ナナさん、あなたもそうなのでは？」

「はい、ゆりかちゃんを任せられるのは里見さんだけです」

それから二人はしばらくお喋《しゃべ》りを楽しんだ。そしてそろそろ仕事に戻ろうかと思った時の事だった。二人がお茶会をしている温室に、新たにもう一人の人間が姿を現した。

「陛下、お楽しみのところを申し訳ありません」

「構いませんよ、セイレーシュさん。あなたがこのタイミングで来たという事は、何か問題が起こったのでしょう？」

やってきたのはセイレーシュだった。彼女はフォルトーゼの第一皇女で、先の内乱では皇帝の代理を立派に務め上げた。内乱の終結後はしばらく病床《びょうしょう》の父親に付き添《そ》っていたのだが、彼の回復と共にエルファリアの補佐役《ほさやく》を務めるようになっていた。

「問題というほどではありませんが、陛下に御判断《ごはんだん》いただくべき事案がございます」

「では陛下、セイレーシュ殿下《でんか》、私は席を外します」

「いえ、ナナさんも陛下と一緒《いっしょ》にお聞き下さい。地球やフォルサリアにも関係している話です」

「そうでしたか」

「セイレーシュさん、あなたも席に」

「では……失礼致します」

セイレーシュは空いていた席に腰《こし》を下ろし、腕輪に内蔵されているコンピューターを操作する。そうやって彼女が話の準備をしている間に、エルファリアは三人分の紅茶を淹れ直した。

「どうぞ、セイレーシュさん」

「ありがとうございます、陛下。早速《さっそく》ですが本題に入らせて頂きます」

セイレーシュはエルファリアが淹れた紅茶に手を付けず、早々に話を始めた。それだけ大事な話であるというのはもちろんなのだが、実はセイレーシュは猫舌《ねこじた》なのだった。

「まずはヴァンダリオン派の残党についての報告です」

「地球で何かあったのですか!?」

セイレーシュの言葉を聞くと、ナナの表情が鋭くなり、軽く身を乗り出すようにする。地球とフォルサリアに関係があると前置きされていたので、自然とそう考えたのだ。

「いえ、そうではありません。今回はフォルトーゼに居る残党についてです」

「そうでしたか……。済みません、話に割り込んでしまって」

ナナは申し訳なさそうに詫《わ》びると、自分の席に座《すわ》り直した。

「仕方ありませんよ、重大な問題ですから」

セイレーシュは気にした風はない。そういうナナの気持ちはセイレーシュにも理解出来る。友達が遠くにいるのはナナだけではないのだ。だから彼女は軽く微笑むと、何事もなかったかのように報告を続けた。

「ヴァンダリオン派の主力部隊は全面降伏、その武装解除と処分については予定通りに進んでいます」

フォルトーゼの内乱における孝太郎達とヴァンダリオン派の最終決戦は、地球の暦《こよみ》で言うと大晦日《おおみそか》に行われた。その直後にヴァンダリオン派の主力部隊は降伏、それから今日までの数ヶ月《すうかげつ》で徐々《じょじょ》に組織が解体されつつある。解体に時間がかかっているのはヴァンダリオン派の規模が大きいせいで、特にトラブルがある訳ではない。セイレーシュが言う通り予定に沿った進行だった。

「そして懸案《けんあん》であった全国にある比較的《ひかくてき》小規模な拠点《きょてん》ですが――」

最近のエルファリア達の課題は、ヴァンダリオン派の主力部隊ではなく、フォルトーゼ領土内に点在するヴァンダリオン派の比較的小さな部隊と、その拠点への対処だった。主力部隊に関してはヴァンダリオンとグラナードが指揮系統そのものだったので、それが討《う》たれた時点で半ば崩壊《ほうかい》したような状態に陥った。もちろんそれは全国に点在する小部隊であっても同じだったのだが、中にはそうならない部隊があった。それは元々カリスマ性が高い指揮官が率いていた部隊が、自ら進んでヴァンダリオンに協力していた場合に、しばしば起こるケースだった。流石《さすが》に地理的に首都に近い地域では、そうした部隊はすぐに鎮《ちん》圧《あつ》された。だが首都から遠く離れた地方の星系では、そうした部隊が粘《ねば》り強《づよ》い抵抗《ていこう》を続けていた。銀河をまたにかける神聖フォルトーゼ銀河皇国なので、もちろんその領土は銀河レベル。だが経済圏《けいざいけん》として見ると、地方の星系は独自の経済圏を築いている場合が少なくなかった。領土が広過ぎるせいで、経済的な連携《れんけい》が取り辛《づら》くなっているのだ。そしてその独自の経済圏を懸案の『小さな部隊』が掌握《しょうあく》していると、星系単位で抵抗を続ける事が出来てしまう、という訳なのだった。

「――――こちらも殆《ほとん》どの拠点の鎮圧が完了《かんりょう》しました」

「ネフィルフォランさんが大活躍《だいかつやく》しているという話は聞いていましたが、このタイミングで殆どを鎮圧という事は、想像以上の戦果を挙げたようですね？」

「はい。彼女が鎮圧した拠点は、今月だけで八ヶ所《かしょ》に及《およ》びます。これは移動を含めての事ですので、目覚ましい戦果と言えると思います」

だが問題の『小さな部隊』は既にその殆どが鎮圧されていた。全体として見た場合にはごく少数であっても、国内に拠点を持つ敵を抱《かか》えたままというのは問題がある。そこでフォルトーゼ皇国軍はヴァンダリオン派の主力部隊の解体と並行して、その『小さな部隊』の鎮圧にあたっていた。その中で目立った活躍《かつやく》を見せていたのがネフィルフォランという名の連隊長、そして彼女が率いる部隊だった。

「ネフィルフォラン……？　そのお名前は確か……」

ナナはその名前に聞き覚えがあった。だが軍人として記憶《きおく》していた訳ではないので、思わず首を傾《かし》げる。そんなナナの少女のような仕草に小さく笑いながら、エルファリアは事情を話した。

「ええ、ネフィルフォランさんはグレンダード家出身で我が国《くに》第五の皇女。貫《つらぬ》く大槍《おおやり》の称《しょう》号《ごう》を冠《かん》する、武闘派《ぶとうは》の皇女です」

正しくはネフィルフォラン・カノン・グレンダード・アルダサイン・フォルトーゼ。彼女の生家であるグレンダード家は、古くから武芸に優《すぐ》れた家系だった。実際グレンダード家の皇族は、フォルトーゼの皇帝になった者よりも、将軍になった者の方がずっと多い。実際ネフィルフォラン自身が既に将軍の直前である連隊長の地位にある。グレンダードは古来から武の力でフォルトーゼを支えてきた家系であり、それを誇《ほこ》りとしている。ネフィルフォランもその例に漏《も》れず、幼少より武術を叩《たた》き込まれて育った。彼女が得意とする武器は名の示す通り、鋭く鍛《きた》え上《あ》げられた大槍。フォルトーゼでは伝統的に、戦場に出る女性は体格の小ささを克服《こくふく》する為《ため》に槍のようなリーチの長い武器を使う事が多いが、ネフィルフォランはより大きな大槍を振り回《まわ》している。通常なら武器が大槍まで大きくなってしまうと、女性は武器の重さに振り回されてしまうが、不思議と彼女はそうなっていない。強靭《きょうじん》な肉体と絶え間無い修練がそれを可能としていた。天才肌《てんさいはだ》のティアとは正反対の、努力と根性《こんじょう》で積み上げて来た武芸の達人、それがネフィルフォランの本質だった。

しかも銀河時代のフォルトーゼなので、彼女の槍は普通の槍ではない。電撃《でんげき》を発したりビームを撃《う》ったりと多くの状況《じょうきょう》に対応した機能が備わっているし、グレンダード家にはそれを含めた武術体系が存在している。近接戦が得意なネフィルフォランだからと、遠距離《えんきょり》から攻撃しても彼女は倒せない。時代に合わせて戦い方を変化させてきたグレンダード家は、そこらの騎士《きし》家では敵《かな》わないほどの武闘派の皇家だ。自然と騎士家では一番の武闘派であるウェンラインカーとは仲が良く、武を競《きそ》い合うライバルでもあった。

「しかし先だっての内乱では、表には出ていらっしゃいませんでしたが……」

「それは歴史的に軍部との繋がりが強いからです。ヴァンダリオン達の陰謀《いんぼう》が明るみに出るまでは、これまでの事を優先して軍部の言動を無視できなかったのです」

グレンダード家は歴史的に将軍の輩出《はいしゅつ》が多いので、自然と軍の上層部──軍部との付き合いも長くなっていた。その結果、先の内乱においてエルファリアと軍部、どちらを信じるべきかでグレンダード家内で意見が分裂《ぶんれつ》、身動きが取れなくなった。エルファリアが掲《かか》げた軍縮の政策が気に入らなかった事もその後押《あとお》しをしていた。そんなグレンダード家が態度を決めたのは、セイレーシュが皇帝代理として立った後の事だ。だから彼《かれ》らは内乱において活躍していないのだった。

「……そうやってグレンダードが動けなくなる事も含めて、ヴァンダリオンの陰謀だったと考えるべきでしょうね」

「その意味ですと……我がサリオーン家は父が病に伏《ふ》していましたから、ヴァンダリオン側には好都合だったでしょう」

セイレーシュの名前は、正しくはセイレーシュ・クーア・サリオーン・ファルケミューセ・フォルトーゼという。個人の称号はファルケミューセ、花咲《はなさ》く季節を意味する。サリオーン家は代々芸術分野で多くの功績を残しており、またマスティル家やシュワイガ家に匹敵《ひってき》する程《ほど》に多くの皇帝を輩出している事でも知られている。政治的には中道で、バランス感覚に優れているとの評価が高い。結果的に皇族会議ではセイレーシュが皇帝代理に就任する事に反対意見が出なかった。そのバランス感覚を生み出していたのはセイレーシュの父親で、彼はここしばらく病に伏していた。その隙を狙ったかのようにヴァンダリオン達《たち》が動き出したので、サリオーン家も身動きが取れなかった。そして最終的にはＤＫＩの介入《かいにゅう》を受けて、セイレーシュが皇帝代理に就任という形になっていった。なお、現在はセイレーシュの父親の病気は快方に向かっている。孝太郎達が約束を守り、魔法による治療《ちりょう》を行った為だった。

「では、内乱で動けなかった分を取り返したい気持ちがありそうですね」

ナナにもグレンダード家の事情が見えてくる。フォルトーゼ皇家の中で一番の武勇を誇る家が、国を揺《ゆ》るがす内乱で存在感を示せなかった。その分を戦後処理で少しでも取り返そうとして、若手のホープ・ネフィルフォランを前面に出したという事なのだ。またライバルの騎士家ウェンラインカーは早くからエルファリア側について戦っていたので、大きく差を付けられた格好になっているのもグレンダード家を刺激《しげき》していた。

「そう思います。加えてグレンダードは武芸に誇りを見出《みいだ》す者に特有の潔癖《けっぺき》なところがありますから、ヴァンダリオン達に騙《だま》されていた事が許せないのです。無論、私を疑っていた事にも負い目があります」

　ネフィルフォランの活躍は当人の奮戦はもちろん、グレンダード家が金に糸目を付けず彼女をバックアップしている事の影響《えいきょう》も大きい。そうなるのはエルファリアの言葉通り、ヴァンダリオンの残党に対して憎悪《ぞうお》に近い気持ちを抱えているからだ。騙されてギリギリまで何も出来なかったなど、消し去りたい汚点《おてん》だった。

「なるほど、それは奮戦するしかない訳ですね」

　ナナは大きく頷く。その大きな仕草はやはり少女じみて見えるが、頭の中身は元天才魔法少女、政治的な事情にも通じている。ネフィルフォランが活躍する事情についても、正しく理解していた。そんなグレンダード家を、エルファリアが好きなようにさせている事まで含めて。それが政治というものだ。そしてそういうナナだからこそ、フォルサリア側の交渉役《こうしょうやく》としてフォルトーゼにいるのだった。

「しかし目ぼしい拠点は鎮圧されてしまいましたから、ネフィルフォランさんの力が必要な相手は居なくなってしまいました」

　拠点を構える規模の敵は全《すべ》て鎮圧された。もちろんそれよりも小規模な敵はまだ残っているが、そうした敵は地に潜《もぐ》りテロリストのように活動している。その鎮圧には大規模な軍の力や、ネフィルフォランの突破《とっぱ》力は必要とされない。敵が集団で固まっている場所がなくなったので、必要とされる戦いの質が変わったのだ。

「ふむ……それで相談に来たのですね、セイレーシュさん」

「はい。各地の拠点鎮圧《きよてんちんあつ》にあたっていた部隊の活動方針を決めて頂く必要があります」

「基本的にどの地域にももうしばらく兵を残す必要があるでしょう。無論、人員は減らす事になりますが……」

　内乱が終わってまだ数ヶ月、国内はまだ完全に安定したとは言えず、規模は小さくなったもののヴァンダリオン派の影《かげ》がちらついていた。テロのようなレベルの攻撃がある危険は依然《いぜん》としてあり、ただちに全軍を引《ひ》き揚《あ》げるのは得策ではない、というのがエルファリアの結論だった。

「では例外があるのですか?」

　エルファリアの基本的という言い回しに、ナナは特別な意図を感じていた。そして再び首を傾げたナナに、エルファリアも再び微笑んだ。

「ええ。ネフィルフォランさんには地球へ行って貰おうかと思っています」

「地球へ⁉」

「地球に居るヴァンダリオン派の残党は、魔法と霊子力《れいしりよく》技術を狙っています。その鎮圧にはネフィルフォランさんの力が役に立つと思うのです」

敵が魔法と霊子力技術を狙っているなら、短期決戦が望ましい。僅かでも技術がフォルトーゼに持ち帰られれば、厄介《やっかい》な事になるからだ。そして短期決戦となると、高確率で地球で孤立しているヴァンダリオン派の拠点を攻《せ》める事になる。ネフィルフォランとその軍を地球に投入するのは、戦いを最も早く小規模なものにする為の一手と言えるだろう。

「そしてナナ、あなたにはその案内役をお願いしたいのです」

「……こういう話になると予想していたから、セイレーシュ殿下は私にも話を聞くように仰《おっしゃ》ったんですね？」

「御明察《ごめいさつ》です。流石ですね、ナナさん」

そしてセイレーシュも微笑む。確かに地球やフォルサリアにも関係がある話だった。そして短期決戦はナナにとっても望むところだ。地球・フォルサリア・フォルトーゼ、全ての被害《ひがい》を最小限に抑《おさ》える為には必要な事だった。

ルースによるフォルトーゼのコンピューター講座は、孝太郎が勉強したいと言った翌日から始まった。受講生は孝太郎の他に、晴海《はるみ》と真希《まき》、静香《しずか》の合計四人。キリハは独学で既《すで》に習得していたし、早苗《さなえ》とゆりかは初日にギブアップしていた。

「ルースさん、この『権限』についてちゃんと教えて欲《ほ》しいんですが。ぼんやりとは分かってるんだけど……」

「おまかせくださいっ、おやかたさまっ♪　まずは『青騎士《あおきし》』のコンピューターを使用する人間を思い出して下さいっ♪」

「俺と、ルースさんとティア。時々クラン。でも色々と仕《し》掛《か》けを施《ほどこ》してたのはエルか。あと皇国軍の人達も結構触《さわ》ってたような？」

「このうち『青騎士』に関する全ての操作ができるのはどなたでしょうかっ♪」

「んー、インチキしてたぐらいだから……エル？」

「そうです♪　エルファリア陛下は『青騎士』の最上位の『権限』をお持ちです♪　陛下は『青騎士』の基本設計からかかわっていらっしゃいますので、『青騎士』の全機能を理解しています♪　そして陛下は皇帝であらせられますので、操作を誤って『青騎士』を壊《こわ》しても問題がありません♪」

「あれ？　俺も最上位の権限を持ってなかったっけ？」

「はいっ♪　ですがおやかたさまの場合はっ、『青騎士』の全機能を理解してはいませんよねっ♪」

「ああ……それは、そうだな」

「だからっ、おやかたさまが艦《かん》を壊すような操作をしようとした時にはっ、人工知能が確《かく》認《にん》しますっ♪」

「言われてみれば、ちょいちょい文句言われていたような……」

「つまりおやかたさまは最上位の『権限』をお持ちでっ、エルファリア陛下と同じ事が出来るのですがっ、人工知能のサポートが入る特別なアカウントになっていますっ♪」

「って事は『権限』としてはエルと同等だけど、アカウントとしては特殊《とくしゅ》な仕様と」

「はいっ、その通りでございますっ♪　続いてティア殿下の場合ですが――」

教師役のルースの指導には熱が入っていた。教科書がきちんと用意され、実際に教材として使用するコンピューターは日本語仕様のスマートフォン式インターフェイスに改造されている。どちらも事前に、孝太郎達に分かり易《やす》く、使い易くしようと、ルースが作ったものだった。

「……ルースの奴《やつ》、面白《おもしろ》いくらいに分かり易く浮《う》かれておるのう……」

そうやって勉強しているルース達の姿を、離《はな》れた場所からティアが見つめていた。ティアはルースが浮かれていると言ったが、ティア自身も楽しそうにそれを眺《なが》めている。幼馴染みのルースが楽しそうなのは、ティアにとっても素敵《すてき》な事だ。いつも真面目《まじめ》なルースなので、特にそうだった。

「きっとベルトリオンの役に立っているのが嬉《うれ》しいんですわ」

対するクランは幾《いく》らか不満げだった。孝太郎がルースには素直《すなお》に接しているのが羨《うらや》ましいのだ。そんなクランの様子を見て、キリハは柔《やわ》らかな笑顔《えがお》を作った。

「里見孝太郎がコンピューターを勉強しているのは紛《まぎ》れもなくルースの為だ。最愛の人間が自分の為に必死になってくれている。そして自分も最愛の人の役に立っている。浮かれる気持ちも分かる」

ルースが聴《き》けば恥《は》ずかしがりそうな話題だが、幸《さいわ》いこの会話は彼女《かのじょ》まで届かない。ルースがコンピューター講座に使っているのは、クランの宇宙戦艦《せんかん》『朧月《ろうげつ》』の会議室だ。科学が専門のクランなので、講習や会議の為の部屋は『朧月《ろうげつ》』にも幾つか用意されている。そしてその部屋は十分に広いので、コンピューター講座に参加していない面々は後方の席でお茶の時間を楽しんでいた。

「ルースさんはぁ、暗殺されかけた訳じゃないですかぁ。何であれ元気に笑えてるのはとっても良い事ですよねぇ～」

ルースが攻撃される事など初めてではないが、狙撃による暗殺未遂《みすい》となると事情は異なる。平和な日常の中で突然誰《とつぜんだれ》かに殺されそうになる――――それは一人の少女には重い出来

事だ。その事が今のルースの笑顔に影を落としていないのは、幸いだと言える。実際に言葉にしたゆりかだけでなく、そこに居る少女達全員が同じ気持ちだった。

「でもほんとーに心が傷付いてないとは思えないからさー、もうしばらくそっとしとこーよ」

そして早苗のこの言葉も真実だろう。いくら楽しそうに見えても、本当に何も感じていないとは到底《とうてい》思えない。実際早苗はルースの笑顔の向こう側に、微《かす》かにだが霊力《れいりょく》の揺らぎを感じ取っている。それを癒《いや》す為にも余計な事は言わずにしばらく見守ろう、これもまた少女達の総意だった。


ルースのコンピューター講座は毎回一時間ほどで終わる。学習はきちんとしたペースで進め、詰《つ》め込み過ぎてはいけない、というのがルースの持論なのだ。この日もその例に漏れず、きちんと一時間で終わった。

「それではこの続きはまた明日」

「ありがとうございました、ルースさん。忙しいのに時間を取ってくれて……」

「いいえ、このぐらい問題ありません」

コンピューター講座が終わると、ルースの雰囲気《ふんいき》は普段《ふだん》のそれに戻る。楽しい時間が終わってしまったので少しだけ寂《さび》しいのだ。だがすぐにルースは笑顔に戻る。明日の講座の準備があるからだ。彼女の楽しい日々はこれからもしばらく続くのだった。

「それではっ、わたくしはこれで一旦失礼致します♪　らんらら～ん♪」

そしてルースは軽い足取りで『朧月《ろうげつ》』の会議室を出ていく。受講生はそれぞれにお礼を口にしながら彼女の楽しげな背中を見送った。

「……失敗したかもしれないな、コレ……」

そんな中、孝太郎は一人腕《うで》を組み、考え込んでいた。すると近くにいた真希が軽く首を傾げる。ルースは終始楽しそうにしていたので、真希には特に問題があるようには見えなかった。

「里見君、どこが問題なんですか？」

「俺、ルースさんの仕事を増やしただけのような気が……」

孝太郎が心配しているのは、結果的にルースの仕事を増やした形になってしまっている事だった。当初、孝太郎はフォルトーゼのコンピューターの専門家に使い方を教えて貰《もら》おうと思っていた。しかしルース本人の強固な申し出により、彼女が担当する事になってしまった。しかも蓋《ふた》を開けてみれば、しっかりした教材に専用のインターフェイスと、明らかにルースは準備に多くの時間を費やしている。彼女の負担を減らそうという試みが、正反対の結果になってしまった。孝太郎はそこが気になっていたのだ。

「いや、そうとも言えぬぞ。最近ルースは体調が良いようでのう。どうやら良好な精神状態が体調に上手《うま》く作用しておるようなのじゃ」

ティアはそう言って笑う。ルースは賢《かしこ》い分だけ心配性《しんぱいしょう》のところがあるので、いつも細かい事にくよくよと悩《なや》みがちだ。だが今は悩まない。楽しい事が目の前にあるので、悩んでいる暇《ひま》がないのだ。おかげで今のルースは寝付《ねつ》きが良く、寝覚《ねざ》めも良くなっていた。

「仕事の効率も良くなって、全体としてはそう負担は増えていないようじゃぞ」

心配性の性格は仕事にも出ていて、ルースは一つの作業に必要以上の時間をかける傾向《けいこう》があった。今はそれが適切な量に加減され、しかも仕事の質はむしろ上がっている。コンピューター講座は、ルースの気分転換《てんかん》にも一役買っていたのだ。もちろん準備に時間がかかっているというのは事実だ。しかしそこは何か趣味《しゅみ》を始めた場合と同じだろう。

「そうは言ってもだな、本来の目的は狙撃やなんかのリスクの低減なんだ。今の状態は明らかにその役に立っていない」

コンピューターを習うのはルースの身を守る為だ。ルースが狙撃されたのは孝太郎達が彼女の才能に頼り過ぎだったからなので、コンピューターの扱いを学んで彼女の負担を減らそうというのが本来の目的だ。しかし今はむしろルースの仕事が増えてしまっている。僅《わず》かではあるが、本来の目的とは逆の結果になっているのだ。孝太郎はそこがもどかしかった。そうやって頭を抱える孝太郎に、晴海が穏やかな声で語り掛《か》けた。

「里見君、落ち着いて」

「桜庭先輩《さくらばせんぱい》……」

「里見君がそういう事に気付いて、実際に行動を起こしてくれた事を、ルースさんは本当に心強く思っています」

「……そうでしょうか？」

結果が幾らかマイナスになっている現状では、晴海の言葉をそのまま鵜呑《うの》みには出来ない。孝太郎の気持ちは複雑だった。

「そうでなければあの笑顔は出ません。そうでしょう？」

「……そうかも、しれませんが……」

孝太郎にもルースがとても楽しそうなのは分かる。分かるが、それで良かったとしてはいけない気がするのだ。孝太郎はちゃんとルースを守ってやりたかったから。

「ですが私達は認めなければなりません。短期的にはルースさんの力にはなれないという現実を……」

晴海はここで軽く目を伏せた。晴海とて孝太郎と気持ちは同じだ。ルースだけが危険を負う状態は改善したい。しかし気持ちだけではどうにもならない事はあった。

「桜庭先輩……」

「ルースさんの才能は特別過ぎます。私達が多少勉強しただけでは、彼女の負担は減らないでしょう」

孝太郎達《たち》が短期間コンピューターの勉強をしたところで、ルースの仕事を一パーセントも肩代《かたが》わり出来ないだろう。それだけ彼女の技術は高いのだ。もちろんルースもそこは分かっている。分かっていてなお、何とかしようと考えた孝太郎の気持ちが嬉しかった。彼女にはそれで十分だったのだ。

「今の私達に出来る事はルースさんを心身共に支える事。そのうちの一つが、ルースさんからコンピューターを習う事。それはルースさんの楽しい毎日を守る事。僅かな力にしかなれずにもどかしく思うでしょうけれど、それは認めなくてはいけません。恐《おそ》らくルースさんは、これまでずっと、里見君に対してそういう感情を持っていた筈《はず》ですから」

最近になって戦いの質が変わり、ルースの才能がクローズアップされた。だがルースはこれまで自分が孝太郎の力になっていないのではないかと、もどかしく思ってきた筈だ。

今はその構図が入《い》れ替《か》わっただけなのだ。

「……ルースさんが、俺《おれ》に……」

孝太郎にも分からないではなかった。騎士団《きしだん》の副団長にこだわったルースだから、そこが気にならなかった筈はない。ティアのように戦いの才能がある訳でも、キリハのように作戦立案の才能がある訳でも、クランのように発明の才能がある訳でもない。魔法も霊力も使えない。ルースは大量の無人機を操《あやつ》って戦う事は出来るだろうが、孝太郎の横で剣《けん》を振《ふ》れる訳ではないのだ。

かつてのルースはただ自分に出来る事を探して、必死になっていた。だからルースは孝太郎が同じようにしてくれているだけで嬉しかった。ある意味においては、かつてのルースと今の孝太郎は、よく似ていると言えるだろう。

「秋に人員が増強されれば、ルースさんの負担は減ります。それまでは里見君がルースさんを支えてあげて下さい」

秋になるとフォルトーゼと日本の交流の為に、留学生が大きく増員される。それと並行してあらゆる分野の人員も増強される。そうなればルースの負担は大きく減じる事になるだろう。今彼女が忙しいのは、人手不足の影響も大きいのだ。言い方を変えると、ルースが忙しいのは秋まで。それまでは孝太郎達が心身共に彼女を守ればいい、という事になるだろう。

「そして里見君や私達がコンピューターの勉強を続ける事で、長期的にはルースさんの負担を減らしていく事が出来るでしょう」

「……現実を認めて、やれる事をやる………分かりました、何とかやってみます」

「よろしい♪」

孝太郎はルースの身を案じるあまり、自分の力の枠《わく》を超《こ》える事をやらねばならないと考えていた。晴海はそれを諫《いさ》め、正しい道へ引き戻した。今の孝太郎は、どんな方法でも良いから自分のやれる事でルースを守ろうと考えられるようになった。そしてだからこそ目の前で微笑《ほほえ》んでいる晴海に尊敬の念を新たにする。晴海は他人に道を示せる立派なお姫様だ。彼女の中へ還《かえ》っていった、アライアと同じように。

「御安心《ごあんしん》なさいな、ベルトリオン。なるべく早い時期に貴方《あなた》がコンピューターを使う時の相談相手になる人工知能を用意致しますわ。そうすればパルドムシーハも幾らか負担が減る事でしょう」

フォルトーゼでは地球よりも人工知能の研究が進んでいるので、既《すで》に学習用やサポート用の人工知能が存在している。これらを利用すれば孝太郎のような素人《しろうと》でも、そこそこコンピューターが扱《あつか》えるようになるだろう。学習の初期段階の時間稼《かせ》ぎには十分で、その間にきちんとコンピューターを学べばいい。ただしもちろん『青騎士《あおきし》』や『朧月《ろうげつ》』等の特殊な操作に関してはクランが人工知能に学習させなければならないので、多少の準備時間が必要だった。

「………」

「どうしましたの？」

「いや、本当はお前の負担も減らさないといけないんだろうなと思っただけだ」

ルース以外にも晴海、クラン、キリハ。彼女らはやっている事が高度過ぎて他の者が手伝う事が出来ず、このところ負担が増す一方だ。彼女らにも補助が必要で、秋の増員が待たれる。それまでは孝太郎達が間接的にでも支えていかねばならないのだ。孝太郎の視線は自然とその三人に向けられる。三人とも今は笑顔でいるが、その裏ではきっと苦労が多い筈だった。

――いや、それだけじゃないな……本当は早苗やゆりか、ティア。藍華《あいか》さんや大家さんも……。

孝太郎の視線は他の少女達にも向けられる。代えが効かないという意味では、他の少女も同じだ。彼女達《かのじょたち》の負担も減らしてやらねばならないのだ。当たり前の毎日が、過ごせるように。

「あら、珍《めずら》しく殊勝《しゅしょう》な事を仰いますのね？」

「馬鹿野郎《ばかやろう》、真面目な話をしてるん―――」

「ど～～～ん！」

　がっ
「なんだっ⁉」

　そんな時だった。孝太郎の身体《からだ》に大きな衝撃《しょうげき》が加わった。だが反射的に両手を手近なデスクに突いて身体を支えたので、辛《かろ》うじて転倒《てんとう》はせずに済んだ。

「なんでもな～～～い！」

　衝撃の主は早苗だった。早苗は孝太郎の首に両腕《りょううで》を回し、だらりとぶら下がっていた。それから彼女は孝太郎の身体を器用によじ登り、強引《ごういん》におんぶの形に持っていく。

「コラ早苗、急にやると危ないだろ」

　早苗が孝太郎の背中によじ登るのは日常的に起こる事だ。だからその事自体は怒っていないが、もう少しで倒《たお》れていたであろう事に関しては孝太郎にも文句があった。だが当の早苗は孝太郎に抗議《こうぎ》されてもご機嫌《きげん》だった。

「えへへへぇ、あたしはねー、必要だと思ったらすぐにやるようにしてるんだー」

「必要？　何が？」

「えっとねー……全部?」

「お前何言ってるんだ。意味が全然分からんぞ」

「いいじゃん意味なんてどーだって。必要な事なんだからっ!」

早苗はそのまま孝太郎にしがみついている腕の力を強めた。すると早苗の頬が孝太郎の頬に押《お》し付《つ》けられる。早苗の感覚ではこれが必要だった。そうする理由も、その意味も、はっきりしていない。けれどどうしても必要だと思うから、早苗は行動したのだった。

「ふーん……」

「へー……」

「ほー……」

そして早苗が必要だと思った事は、他の少女達も必要だと思っている。早苗が見て分かる形で示した事で、他の少女達にも必要だと理解出来たのだ。それに気付いていないのは孝太郎だけ。おかげで孝太郎はこの後、少しばかり苦労する事になるのだった。


ルースが埴輪《はにわ》達《たち》を連れて会議室へ戻《もど》って来た時、孝太郎とティアが同時にジャンプするのを目撃《もくげき》した。二人は空中で身体の向きを入れ替え、飛《と》び蹴《げ》りの体勢に移る。孝太郎はティアを、ティアは孝太郎を狙《ねら》った飛び蹴りで、それらは戦いの決着を付ける為の最後の技《わざ》だった。

「この甲《か》斐性《いしょう》なしがぁぁぁぁぁぁぁぁぁぁっ！」

「やかましいわ、このぺったん――――」

「おやかたさま」

「――あれ、ルースさん？」

げしっ

最後の最後でルースに気を取られた孝太郎は、ティアの蹴《け》りをまともに食《く》らい、会議室の床《ゆか》を転がる事になった。この戦いはティアの勝利で終わった。そのティアは孝太郎を蹴り付けた反動で上手く勢いを殺し、優雅《ゆうが》にその場に降り立つ。それと同時に倒れた孝太郎の頭の上に埴輪達が降り立った。

『大きいブラザーの負けだホー』

『ところで何で戦っていたホ？』

「特に理由はない。強《し》いて言えば……暇だったから、かな？」

「そなたの欠点はそういうところじゃぞー、流石にもう分かっておるくせに……」

「と、ところでルースさん、何の御用《ごよう》ですか？」

素早《すばや》く話を変える孝太郎。このままこの話を続けるのは非常に都合が悪かった。とはいえルースが戻って来た理由も気になっていた。いつもの彼女なら、夕食まで明日のコンピューター講座の準備を続けるからだった。

「そうでした、それでここへ来たのでした。埴輪《はにわ》さん達！」

『ホー！　大変だホー！』

『マグズ……カスミ＝ライガが連絡《れんらく》してきたんだホ！』

カスミ＝ライガは大地の民《たみ》の急進派を率いていた指導者だった。だがキリハ達《たち》穏健派《おんけんは》との戦いに敗れ、今はその地位を追われて処分待ちの軟禁《なんきん》状態にある。そのライガが孝太郎達と話をしたがっている。地底からその報告を受け取った埴輪達は趣味のラジコンを一旦《いったん》休止して、慌《あわ》てて『朧月《ろうげつ》』を訪ねて来たのだった。

カスミ＝ライガ 五月三十日(月)

孝太《こうた》郎《ろう》達にとって、マグズ——カスミ＝ライガという名前は軽いものではなかった。ライガは大地の民の急進派のリーダーであり、キリハ達が率いる穏健派《おんけんは》と激しい戦いを繰《く》り広《ひろ》げた人物なのだ。戦いそのものは昨年決着したが、孝太郎達にとっては、まだ油断のならない敵であるという認識《にんしき》だった。

「あいつは今どうなってるんだ？」

孝太郎は一〇六号室の畳をひっくり返しながらキリハにそう尋《たず》ねた。一番玄関《げんかん》に近い畳の下には埴輪達が作ったトンネルがあり、それが地底世界への最短ルートだった。

「地上風に言うと、拘束《こうそく》されて裁判を待っている状態だ」

「そうか、他《ほか》の裁判が全て終わるまでは首謀者《しゅぼうしゃ》は裁けないよな」

はっきり言ってしまうと、ライガの裁判がどう決着するかは既に分かっている。クーデターの首謀者なので、非常に高い確率で死刑《しけい》になる筈だった。だがライガ以外の急進派の人間の裁判の為に、彼の証言が必要だった。ライガに自発的に協力を申し出た人間と、強制的に参加させられた人間の区別をする必要があるからだ。前者は重罪だが、後者はむしろ被害者《ひがいしゃ》なので、同列には扱えなかった。だからライガの裁判は後回しにされていた。

「うむ。それに事件の全容解明にも、ライガの証言が必要になる。同じ事が二度と起こらないようにする為にも、事件の解明は必要だ」

ライガが起こした事件なので、ライガしか知らない事がある。事件の謎《なぞ》を全て明らかにする為には、その情報が必要だった。この意味においても、今はまだライガに死なれては困るのだった。

「そのライガが連絡をしてきたという訳か」

「うむ、それで急いで帰る必要があるのだ。良い事なのか悪い事なのかは分からんが、重大な事なのは明らかだからな」

バシュッ
孝太郎はレバーを操作して畳の下にあったハッチを開放する。ハッチの向こう側にはコンクリート造りの通路が見えている。それが地底世界へ続くトンネルだった。そしてそこに漂《ただよ》うやや冷たい空気が一〇六号室に這《は》い上がって来たのを感じた時、孝太郎は琴理《ことり》とナルファに目を向けた。

「キンちゃんとナルファさんはここで待っててくれ。二人がこの件に関《かか》わっても、良い事は何もないから」

孝太郎は琴理とナルファを除いた十人で地底へ向かうつもりでいた。琴理とナルファはこの件には全くの無関係だからだ。二人は一緒《いっしょ》に来ても損をするだけだ。だが、琴理はそれに納得《なっとく》しなかった。

「でも、コウ兄さん、コウ兄さんだって本当は――――」

琴理は孝太郎が心配だった。孝太郎は本来こんな事をするようなタイプではない。どちらかと言えば琴理やナルファ側の世界に生きる人間だと思うのだ。このままではいつか、取り返しがつかない事が起こるのではないか、琴理はそれが心配でならなかった。

「キンちゃん、心配してくれるのはありがたいけど、これも俺がやった事の結果の一つなんだ。放っておく訳にはいかない」

大地の民は、孝太郎が時空の彼方《かなた》へ吹《ふ》き飛ばしたマクスファーンが率いる錬金術師《れんきんじゅつし》の一派が元になっている。そこで起きた事件なら、孝太郎にも責任がある。そしてそれをキリハ一人に背負わせる訳にはいかなかった。

「……………コウ兄さん………」

孝太郎が英雄《えいゆう》になったと知らされても、琴理にはピンと来なかった。孝太郎が何か変化したようには感じられなかったからだ。だが時折こうして、孝太郎の周りに踏《ふ》み込めない領域が現れる。琴理も孝太郎の心の奥底《おくそこ》に踏み込めない領域があるのは知っている。だがこれは違《ちが》う。本来琴理が踏み込んでいい筈の場所に、踏み込んではいけない領域が出現していた。琴理にはそれがもどかしくてならなかった。

「ナルファさん、キンちゃんを頼《たの》むよ」

「レイオス様……はい、御武運《ごぶうん》を！」

ナルファはフォルトーゼの人間であっただけに、青騎士《あおきし》である孝太郎がトラブル対応に動く事に疑問はなかった――最近までは。今のナルファは孝太郎の人となりを間近で見てきた事で、琴理と同じような疑問を僅かだが感じるようになっていた。とはいえこの時点ではその感情は心の奥《おく》で燻《くすぶ》っているだけで、表面には出て来ていない。結果的にナルファが取った行動は、孝太郎の言葉を素直に受け入れつつ、心配そうな眼差《まなざ》しを送る程度だった。

「ハハハッ、まだ戦いになると決まった訳じゃないさ！」

孝太郎は後に残る二人に笑いかけると、少しも迷わずに地底世界へ続くトンネルに飛び込んでいく。その姿は確かに伝説の英雄然とした力強い姿だった。しかしそれがコウ兄さんとしてはどうなのか、コータロー様としてはどうなのか、という事に関しては琴理とナルファには自信が持てなかった。

早苗《さなえ》には他人の感情が霊力の波動として見えている。だから琴理とナルファが何を思っているのかがはっきりと分かっていた。とはいえ連れていけない理由も分かる。だから早苗にしては控《ひか》え目《め》に、孝太郎に問いかけた。

「琴理とナルファも連れてったげればいいのに」

「二年前ならそう出来たのかもしれないな。お前らともめてるだけだった、あの頃《ころ》だったらさ………」

かつての孝太郎達は互《たが》いに争っていたが、命の奪《うば》い合《あ》いだけはしなかった。クランと真希《まき》は多少やらかしたが、それでもなるべく目立たないよう大規模な攻撃《こうげき》は避《さ》けていた。だが時間の経過と共に戦っている相手と規模が変化していき、今の敵は目的の為《ため》には簡単に誰《だれ》かの命を奪おうとする。手段も選ばない。そうなると留学生であるナルファと、孝太郎の幼馴染《おさななじ》みである琴理は、最有力のターゲットとなる。地上へ残し、フォルトーゼやフォルサリアの人々に守って貰うしかなかったのだ。

「………そうだね、ごめん」

「今日は珍しく素直だな」

「駄目《だめ》なのは分かってたけど、あの子達本気だったからさ」

「早苗も少しは大人になりました、か」

「二年も経《た》てば流石《さすが》にちょっとは大人になるよ。胸だって大《お》っきくなったんだから」

「そういう発想は子供のままなのな。………おっとっと、本題に戻ろう」

二人の事は気になったが、あまり呑気《のんき》にお喋《しゃべ》りを続けている訳にはいかなかった。今優先されるべきはライガの問題だった。その辺りは早苗にも良く分かっていたから、素直に口を閉じた。

「キリハさん、ライガはヴァンダリオン派の残党――――ラルグウィンの一派と繋《つな》がったと思うかい？」

孝太郎達が急いで地底に向かう理由、それがこれだった。想定される状況《じょうきょう》の中で最悪のケースは、ライガとラルグウィンが手を結んだというものだ。ライガは話がしたいとだけ伝えて来ているので、どうしてもこの状況は想定せざるを得なかった。

「それにしては急進派の動きが無さ過ぎるが………油断は出来ないだろう」

キリハは厳しい表情で唸《うな》る。フォルトーゼの内乱よりはずっと規模が小さいが、ライガは急進派を率いてクーデターを起こした。そして急進派の残党は主力は解体されたが、フォルトーゼ同様に小規模な残党はまだ燻っている。だからキリハはヴァンダリオン派の残党と急進派の残党が接触《せっしょく》するのを危険だと考え、急進派の残党の動きを注視していた。キリハが特に警戒《けいかい》していたのが技術部門で、ヴァンダリオン派が接触してくる事を想定して、大規模な網《あみ》を張っていた。だが今回はその警戒網《けいかいもう》には何も引っ掛かっていない。その前にライガが父親のコウマ経由で連絡を寄越《よこ》した格好だった。普通《ふつう》に考えればライガとラルグウィンは繋がっていないという事になるだろうが、相手は慎重《しんちょう》なラルグウィンなので、単に警戒網を掻《か》い潜《くぐ》った可能性も否定出来ない。難しい状況だった。

「じゃがのう、ライガがラルグウィンと繋がっていないと仮定した場合、何故《なにゆえ》に連絡してくるのじゃ？」

そしてこのティアが指摘《してき》した事が、孝太郎達を混乱させていた。ライガとラルグウィンが協力態勢になっている場合、この連絡は十中八九、罠《わな》だろう。問題はその逆で、両者が協力態勢になっていない場合には、ライガがキリハに連絡してくる理由がないのだ。

「コウマじいの一人息子《むすこ》であったから、クーデター前にはよく言葉を交《か》わす相手ではあったが……向こうからすると我は敵そのもの。クーデターに備えて友好的な仮面を被《かぶ》っていただけで、個人的に連絡する理由があるとは考え難《にく》い」

キリハの実家、クラノ家は穏健派の筆頭で、しかも現在大地の民《たみ》を率いている族長ダイハはキリハの父親でもある。そうなるとライガの敵は現族長のダイハと次期族長と目されるキリハであり、実際に地底でクーデターを起こした際にはやはり二人を狙った。ライガの父親であるコウマがダイハの腹心の部下である兼《か》ね合いでキリハとライガには面識があり、言葉を交わす相手ではあったのだが、それはクーデターを隠《かく》す為に必要に迫《せま》られてのものであって、今の状況になると連絡が必要な事など何もなかった。

「そうなると、巧妙《こうみよう》な罠や脅迫《きようはく》って事になりますけれど……」

真希は自身でそう言いながらも半信半疑だった。ラルグウィンがキリハの警戒網を全《すべ》て潜り抜《ぬ》けた上でライガに接触、両者が協力して罠やそれに類するものを仕掛《しか》けて来たと考えるのは難しかった。キリハの警戒網には霊子力技術も使われているので、もし警戒網を擦《す》り抜けたなら、既に霊子力技術など不要なのだ。

「分からない事を考えていても仕方ないわ。さっさとライガって人と会いましょうよ。もちろん罠に嵌《はま》って攻撃を受ける前提で、ね」

最終的に、この静香《しずか》の提案が孝太郎達の方針になった。ありとあらゆる防御《ぼうぎよ》手段を講じた上で、ライガと対面する。敵が敵なので、用心に越《こ》した事はなかった。

　孝太郎にはカスミ＝コウマと面識があった。十一年前の世界で一度、そして昨年のクーデター以降に繰り返《かえ》し顔を合わせている。クーデターの際にはコウマの落ち込みようは半端《はんぱ》なものではなかった。息子が首謀者だったのだから仕方ないだろう。その時は病気かと思うくらいに痩《や》せていた。だが今のコウマはそうではない。流石に単純に若かった十一年前程《ほど》ではなかったが、年相応の健康的な姿で孝太郎達の前に姿を現した。

「コウマじい！」

「キリハ様、よくおいで下さいました！」

　そしてキリハの顔を見ると、コウマの表情が輝《かがや》く。長くキリハの世話役を務めたコウマなので、その視線には孫娘《まごむすめ》を見るようなあたたかさがあった。そしてそれはもちろんキリハの方も同じだった。

「じい、やはり少し太ったぞ」

「御冗談《ごじょうだん》を。キリハ様が大地の民誕生の謎を解いてしまったせいで、じいには太る暇などありませぬ」

「そうだったな。苦労をかける」

「ですがその価値がある苦労でありますれば」

キリハにとってもコウマは祖父も同然。信頼《しんらい》できる保護者であり、指導者の道を示した師でもある。キリハにとっては孝太郎やダイハと同じくらい大切な相手なので、彼女が彼《かれ》に向ける笑顔はやはり同じくらい特別だった。

「孝太郎様、ティアミリス様、いつもお世話になっております。他の皆様《みなさま》はお久しゅうございます」

「こんにちは、コウマさん」

「壮健《そうけん》で何よりじゃ、御老体《ごろうたい》」

キリハとの挨拶《あいさつ》が済むと、コウマは孝太郎達に歩み寄って頭を下げる。孝太郎と少女達《たち》もコウマに頭を下げた。地底での決戦以降、コウマとは度々《たびたび》顔を合わせている。そしてフォルトーゼが地球に来訪した後は、今後の事を決める為に頻繁《ひんぱん》に会っていた。孝太郎とティアは週に一度は彼と話をする間柄《あいだがら》だった。

「それで早速《さっそく》ですがコウマさん、ご連絡頂いた件ですが………」

「そうでしたな、楽しい話は後回しに致《いた》しましょう」

コウマは孝太郎と会うと決まってキリハをいつ嫁《よめ》に貰ってくれるのかという話をする。

しかし今回はそれを後回しにして本題に入った。コウマの顔はいつになく真剣《しんけん》だった。

「皆様こちらへ」

コウマは先に立って自身の屋敷《やしき》へと入っていく。カスミ家は代々クラノ家に仕えて来た名門なので、屋敷もそれに見合うだけの立派な和風建築となっている。そして歴史がある屋敷故《ゆえ》に、良い時代も悪い時代も経験しており、屋敷の地下には座敷牢《ざしきろう》がある。ライガは今、そこに軟禁されていた。

「実は私も詳《くわ》しい話は聞いておりません。ライガは皆様と話したいとしか申しませんでしたので。しかしライガがしでかした事を思えば、無視する訳にも参りません。そこでキリハ様に連絡を」

「じぃの判断は間違《まちが》っていない。大地の民とフォルトーゼ、双方《そうほう》の急進派が手を組むのが一番怖《こわ》い展開だからな」

コウマは事情を話しながら屋敷の廊下《ろうか》を進んでいく。屋敷は広く、ヒノキ張りの廊下を三度曲がったところでようやく地下へ続く階段に辿《たど》り着《つ》く。カスミ家も武家屋敷《ぶけやしき》特有の構造をしており、重要施設《しせつ》には玄関から簡単に辿り着けないようになっているのだ。

「………皆様、ここからは決して油断なさらないようお願い致します」

コウマにとってはクーデターを起こそうとも我が子《わこ》である事には変わりない。だがキリハや孝太郎にとっては危険な敵だ。コウマとしてはこう言わざるを得ない事が悲しかったが、親子の感情だけで大地の民全体を危険に晒《さら》す訳にはいかなかった。

「みんな、頼む」

孝太郎が合図をすると、予定通り少女達が防御策《ぼうぎょさく》を講じる。無人機や埴輪達、各種魔法《まほう》や早苗の霊能力《れいのうりょく》で索敵《さくてき》や防御が敷《し》かれていく。一人の人間に会うには過剰《かじょう》な準備ではあるが、何もなければ笑い話で済む。だが逆の結果は笑えない。必要な措置《そち》だった。

「………準備完了《かんりょう》です、里見《さとみ》君」

一番最後に準備が整ったのが晴海《はるみ》だった。彼女が操る古代語魔法は状況に応じた細やかな調整が可能だが、その分だけ呪文《じゅもん》の詠唱《えいしょう》に時間がかかるのだ。そんな彼女が最後に発動した魔法が屋敷内全《やしきないすべ》ての金属の移動を感知するもので、襲撃者《しゅうげきしゃ》がこの魔法を潜り抜けてくる可能性は非常に低かった。

「よし………行きましょう、コウマさん」

「では、こちらへ………」

コウマは何時《いつ》になく厳しい表情を作ると、先に立って階段を降りていく。クーデターを起こした息子の意図が読めない。しかもそこへキリハを連れて行かねばならないのだ。コウマにとってこれほど緊張《きんちょう》させられる状況も他になかった。孝太郎達はそんなコウマの後に続く。コウマの緊張が伝染《でんせん》したのか、やはり孝太郎達も緊張していた。

カスミ家の座敷牢は簡素なものだった。牢《ろう》自体は築後百年以上は経っていると思われる石造りのもので、そこに古いがしっかりとした木製の格子《こうし》がはめられている。牢の中は六畳の畳敷《たたみじ》き、部屋の奥には最近作り直したと思われるユニットバスが組み込まれている。時代に合わせて手が入っているものの、刑務所《けいむしょ》のそれと大差ない設備と言えるだろう。ライガはそんな座敷牢の中央で正座していた。

「来ましたね、クラノの娘《むすめ》」

「久しいな、ライガ」

ライガとキリハは木製の格子を挟《はさ》んで向き合った。クーデター以降にキリハとライガが直接会ったのはこれが初めての事だ。ライガの裁判が始まれば顔を合わせる事もあるだろうが、まだその状況には至っていない。恐らくはまだ一年以上の猶予《ゆうよ》がある筈だった。

「汝《なんじ》がどのような顔をしているか分からなかったが、以前の汝と変わりないようだな」

「敗れれば死刑、その覚悟《かくご》をして兵を起こしました。変わらなくて当たり前です」

「だが、それ故《ゆえ》に困惑《こんわく》している。汝が何故《なにゆえ》我らに対話を求めたのか、とな」

「気持ちは分かります。私はクーデターの首謀者である訳ですからね」

ライガはどこか楽しげだった。元々温和な語り口である事もその印象を強めている。軟禁されていて普段はあまり人とは話さないから、という事情もあるだろう。だが一番の理由は自分がキリハ達を呼んだ事そのものに向けられている。ライガとしても、自身のこの行動は予想外だった。ライガにとってもキリハ達は憎《にく》むべき敵である筈だったから。

「しかし貴女方《あなた》を呼んだのは同じ天を戴《いただ》かぬ敵であればこそなのです」

「どういう意味だ？」

「実はフォルトーゼの人間から我らの陣営《じんえい》に接触がありました。面会の者が秘密裏《ひみつり》に伝えて来ました」

「フォルトーゼの⁉」

ライガの言葉に孝太郎は反射的に身構える。ライガが言う『我らの陣営』は急進派の残党に他ならないだろう。ティア達は接触していないから、当然そういう事になるのだ。

「落ち着いて下さい。そのつもりならもうとっくに攻撃していますす」

しかしライガの様子は孝太郎の予想とは違うものだった。ライガはこれまでと同じく温和な表情を浮《う》かべている。それはきっとマグズではなく、カスミ＝ライガの素顔《すがお》なのかもしれなかった。

「では何の為に我らを呼んだのだ？」

キリハは孝太郎ほど大きく反応しなかったが、その視線は厳しい。ライガの言動次第《しだい》では、即座《そくざ》に攻撃も辞さない覚悟でいた。

「貴女方に協力しようと思いましてね。具体的には、私が情報を提供し、彼らを倒して欲《ほ》しいのですよ」

「なんだと⁉」

だが最終的にライガの言葉はキリハの想像を超えた。キリハは孝太郎同様に表情を大きく歪《ゆが》めて、彼女《かのじょ》の驚《おどろ》きの大きさを示した。

「………そう言われても、我々が早々に汝を信じられない事情は分かって貰《もら》えると思うが」

しかしキリハはすぐに驚きから立ち直った。再びその瞳《ひとみ》には力が戻り、鋭《するど》い視線がライガに向けられている。立ち直りはしても、ライガの意図は図《はか》りかねていた。

「確かに。実際私は今も、我らが地上を支配するという理想を捨てていません。しかしだからこそ、フォルトーゼの介入《かいにゅう》は認められない、と考えているのです」

カスミ＝ライガは今も、優《すぐ》れた者のより良き支配、という考えを改めていない。優れた大地の民が、地上を支配するべきだと考えているのだ。だがヴァンダリオン派の残党とのたのだった。

共闘《きょうとう》は、その理想を実現する手段たりえない、そう思うからライガはキリハ達に連絡をし

「フォルトーゼも十分に優れた者であると言える筈だが」

「ええ、彼らの戦う力は十分に優れています。しかし指導者としての力が優れているとは思えません」

ライガの理想を突《つ》き詰《つ》めると、力ある者が力なき者を導くという考え方に行き着く。だがライガが言う力の中には、優れた見識と指導力までが含《ふく》まれている。そしてヴァンダリオン残党の一派からはそれが感じられなかった。その事がライガを思《おも》い留《とど》まらせた原因だった。

「どうしてそう考える？」

「我々の勢力が半壊《はんかい》状態だからですよ。一年前のように、万全《ばんぜん》の準備をした状態の我々に接触してくるなら分かります。ですが今の我々に接触してくるという事がどういう事なのか――――恐らく、いい所で大混乱と虐殺《ぎゃくさつ》止まりでしょう」

ヴァンダリオン派の残党には、将来のヴィジョンがない――――ライガはそのように感じていた。ライガ達急進派に接触して相互《そうご》に協力するところまではいいだろう。だがヴァンダリオン派の残党が、その先を考えているとは思えなかった。何故《なぜ》なら急進派にかつての

力がないから。それを分かっているにしろ、分かっていないにしろ、どちらにせよ将来の事は考えていないという事になるのだった。

「……連中はそれが目的なのだ」

キリハにもライガの言葉は正しく感じられていた。ヴァンダリオン派残党の目的は現在のフォルトーゼの政治体制の崩壊《ほうかい》、そして孝太郎や皇家への復讐《ふくしゅう》。その先を考えているようには思えない。常に先を見ていたエゥレクシスとは対極にいる敵だった。

「ではなおの事、私とは相容《あいい》れません。我らの目標はあくまで支配。破壊《はかい》と混乱で終わって貰っては困るのです」

破壊と混乱は過程であって、目的ではない。ライガはより良く支配しようと考えているので、破壊と混乱に乗じて新たな支配の構図を作らねばならなかった。従って支配の構図が作れないほどの破壊と混乱が起きてはまずい。そしてフォルトーゼの技術はそれが簡単に可能なレベルにあった。

「それに大地の民の規模を考えると、何かで抑止《よくし》せねば戦いの過程で攻《せ》め込まれて危機的状況に陥《おちい》るでしょう」

「今やアースドラゴンはない、か……」

もう一つの懸念《けねん》はやはり、大地の民が少数民族であるという点だった。地上側が人海戦術で攻めてくれば、いかに優れた兵器があってもいずれ力尽《ちからつ》きる。地底へ攻め込めないような抑止力《よくしりょく》でもあれば良いが、それを可能とする広域破壊兵器は既に失われている。大地の民の破滅《はめつ》は必至だった。

「勝利の可能性が皆無《かいむ》では、いかに私とて大地の民を危険に晒す気にはなりません」

大地の民が地上を支配すべきと考える土台は、大地の民を愛すればこそ。勝ち目が幾《いく》らかあればともかく、全くない状態ではライガも大地の民の存亡を賭《か》けた戦いはしない。無意味に滅亡《めつぼう》させたい訳ではないのだ。

「ふむ。あれから……少し変わったか、カスミ＝ライガ」

ここでキリハの視線が僅《わず》かに緩《ゆる》んだ。ライガは危険な相手だったが、今すぐ戦うような事にはならない――キリハはそのように感じていた。

「タユマの最期を知れば流石に思うところはあります」

優れた者によるより良き支配、今もライガはその考えが正しいと信じている。しかし力に呑《の》まれたタユマの姿は、ライガの考えにも多少の影響《えいきょう》を及《およ》ぼしていた。タユマは味方の兵士を踏み躙《にじ》り、兵士達は肥大化したタユマを拒絶《きょぜつ》した。だから今のライガは、優れた者であれば何をしても良い訳ではない、そう考えられるようになっていた。

「それに貴女方は私達に勝った。ならば貴女方が支配するのでも構わない筈《はず》です」

結果的に穏健派は急進派を破った。それはつまり十分な力を持っているという事。だからライガは自身の信念に従って、穏健派の支配を受け入れるべきだと考えた。軽い気持ちで反乱を起こした訳ではないのだ。だからこそ、このままなら死刑になると分かっているのに、ヴァンダリオン派残党からの共闘の申し出を受け入れなかった。受け入れれば生き延びられたかもしれないのに。

「…………汝の思想はともかく、大地の民に対する誇《ほこ》りと愛情は、信じる事にしよう」

ライガの思想は危険だった。今のライガはかつてよりも誇り高《たか》く潔《いさぎよ》いから、特に危険度は上がっている。一旦野に放たれれば、かつて以上の勢力を作り上げ、再び地上の侵略《しんりゃく》を試みるだろう。だがそれでも大地の民に対する誇りと愛情は本物だった。それだけはキリハも認めない訳にはいかなかった。

「勝者は貴女方です。何としてもこの国を守り切りなさい、クラノ＝キリハ」

「協力に感謝する。詳しい話を聞かせて欲しい」

ライガとしても、これは苦肉の策だった。勝者とは言え、キリハ達は不倶《ふぐ》戴天《たいてん》の敵だ。しかしそれでもキリハ達の力がなければ、大地の民は戦いに巻き込まれ、無意味に滅《ほろ》びていくだろう。それを避ける為に必要だと思うから、ライガはキリハ達に反発する個人的な感情を抑《おさ》え、その口を開いた。

火種を追って　五月三十日(月)

ライガは裁判待ちの軟禁状態にあるので、現在の急進派残党を直接率いている訳ではない。同じ理由で最新情報に触《ふ》れられる訳ではない。だからライガは今の急進派残党が何をしているのかをきちんと把握《はあく》している訳ではなかった。たまに急進派の残党側から、何人か経由して面会時に現状の報告をしてくる程度で、その内容も大まかなものだった。

「そこはまあ、軟禁中ですからね」

「とはいえ、そうした汝《なんじ》と歩調を合わせようという意識が残党を支えている。彼らにとってもコンタクトは必要なのだろう」

ライガはマグズと名乗り、急進派を率いて戦いを起こした。ライガの優れた頭脳が急進派に進むべき道を示し、また同時に彼は急進派の精神的な支柱でもあった。おかげでライガの影響力《えいきょうりょく》は未《いま》だに大きい。急進派はライガを完全に無視して行動する事が出来ず、軟禁中で直接話が出来ない状態であっても、大まかな活動の報告は欠かさなかった。そうしてライガを尊重する事で、組織をまとめる事が出来たのだ。

「そんな中で彼らは地上の企業《きぎょう》が接触してきた事を伝えて来ました」

「こちらで把握しているのは、ベルテスラエレクトロニクスまでだ。その向こう側に何者かがいる、そう推測しているが、確証はない」

「ベルテスラ……私にも社名までは明かしていませんでしたが、話の内容的には近年日本に進出した外資系企業ではないようでした」

「……彼らは古い霊子力《れいしりょく》技術を保有していたから、創業はその技術が作られた時期以前にまで遡《さかのぼ》るのかもしれない。一定の信憑性《しんぴょうせい》はあると考えて良いだろう」

ライガは軟禁中なので、急進派残党は直接会って話をする事が出来ない。だから急進派残党に肯定的《こうていてき》な考えを持ちつつ、反乱に直接参加しなかった者達を数人経由する形で、ライガに情報を伝えている。その為どうしても情報漏《も》れの可能性があり、核心的《かくしんてき》な情報は伏《ふ》せられている。ライガに企業名《きぎょうめい》が伝えられていないのはそのせいだった。

「急進派は現在、その企業の支援《しえん》を受けて新しい拠点《きょてん》の整備を進めているようです」

「話はもうそこまで進んでいるのか……道理でこちらの網にはかからなかった筈だ」

キリハもヴァンダリオン派残党の狙いが、大地の民やフォルサリアの反体制派勢力との接触である事は分かっていた。だから早々に警戒網を敷いた訳なのだが、ラルグウィン達の動きは更《さら》に早かった。しかしこれはキリハの失敗というより、ラルグウィン達の運が良かったと言うべきだろう。ラルグウィンは宇宙船を自爆《じばく》させて目ぼしい企業を見付け出すという手法を使ったが、この時に有力な企業を早々に引き当てた。結果的にキリハが警戒網を敷き終わる前に、ラルグウィン達はそこを擦り抜けていたのだ。

「私はその事に対して、特に意見は言いませんでした。判断に必要な情報が足りていなかったからです。それから私の方の情報網《じょうほうもう》を使って情報を収集した結果、これを放置するのはリスクが高いと判断しました」

「恐《おそ》ろしいな。リスクが低いと判断したなら、汝は再び反乱を起こした訳か」

「いいえ。どちらにせよ私はここを動かなかったでしょう。自分がやった事の責任は、取らねばなりませんから」

「つまり……我らが尻尾《しっぽ》を掴《つか》む可能性が高ければ、黙《だま》っていたという事か」

「そういう事になりますね。しかしこうせざるをえないほど、彼らの動きは早かったのです」

ラルグウィンの目的が破壊と混乱ではないなら、ライガも脱獄《だつごく》まではしないだろうが、助言を与《あた》える等というレベルで協力する芽はあった。またラルグウィンの動き出しがもう少し遅《おそ》ければ——これは例の自爆による仲間探しで運が悪かった場合等だ——出る幕無しと判断してキリハに任せただろう。どちらでもなかったから、ライガはキリハに連絡した。このままではラルグウィンの破壊と混乱に巻き込まれ、大地の民が滅びかねないと思ったからだった。

「結果的にかつての仲間を売る事になる。重い決断だったろう?」

「確かに………心が痛まないといえば嘘《うそ》になります。ですがそれでも、勝ち目が見えない状態で大地の民の存亡を賭ける訳にはいきません」

ライガはそう言って薄《うす》く笑った。彼とて共に死線をくぐった仲間達を裏切るのは心苦しい。しかし軟禁中ではっきりしない部分が多く、しかも直接指揮が取れない状況では、他に方法が無かった。彼としては、少なくとも幾らか勝ち目が見える状況でないと、大地の民を危険に晒す訳にはいかなかった。

「そうか。ならばもう言うまい」

「………こちらで面会人を遡って、どのルートで情報が来たのかを特定しました。情報の出所はウラガ＝トウシ。表向きは中道右派で知られている男です」

「ウラガ………あの男が………」

ウラガは穏健派とも急進派とも距離《きょり》を置いていた人物だった。どちらにせよ結論を急ぐべきではないと主張していたのだ。だがそれは表向きの話で、裏では急進派に協力していた。そしてライガの反乱が失敗した今になって、行動し始めたという訳だった。

孝太郎達《こうたろうたち》の目的は、ラルグウィンの逮捕《たいほ》と彼が率いる部隊の無力化だ。それと同じくらい重要な目的が、霊子力技術や魔法が流出するのを防ぐ事だった。地球だろうとフォルトーゼだろうと、そうした異質な技術が一気に流出すれば社会を不安定にする。一部の人間が独占《どくせん》した技術により、経済はガタガタになり、並行して通常の手段では防げない犯罪やテロが頻発《ひんぱつ》するようになる。流出をきっかけに、恐ろしい事態へと発展していく事だろう。

とはいえ永遠に流出を防ぐのは不可能なので、時間をかけて段階的に技術を開放、社会への影響を最小限に抑える、というのがエルファリアの方針だった。要は異質な技術が偏《かたよ》って存在する状況を避けたいのだ。この辺の事は、フォルトーゼの科学技術を一気に地球へ流出させたくないのと事情は同じだった。

「という事は、まずはウラガという人の動きを追って、急進派残党の新しい拠点を見付ける必要がありますね」

晴海《はるみ》はこれまでの話をまとめてそう言った。孝太郎達はライガとの対話を終えた後、コウマの屋敷の客間へ移動していた。孝太郎達はそこで今後の事についての会議の最中だった。

「それが良いじゃろうな。キリハが警戒している以上、急進派残党も既《すで》にある工場でラルグウィンに提供する武器を作る訳にはいくまい。小規模でも独立した生産ラインが必要になる筈じゃ。新たな拠点というのがその為のものである可能性は高いじゃろう」

ティアも晴海の言葉に同意する。ウラガという男から情報を得るには、複数のやり方がある。捕《つか》まえて尋問《じんもん》したり、彼のコンピューターや持ち物を調べるといったものだ。晴海の提案はその中で一番リスクが低いもので、遠くから跡をつけて立ち寄り先を調べるというものだった。幸《さいわ》い孝太郎達は魔法を使う事が出来るので、霊子力技術を扱《あつか》う大地の民《たみ》が相手でも十分に可能な事だ。今のところウラガしか手掛《てが》かりがない訳なので、捕まえて尋問するというような、リスクがある手法は後回しにしたい。またティアが言うように拠点イコール工場という可能性が高いので、ウラガの立ち寄り先を洗う事で、その為の物資の流れが追えるかもしれない。そういった事情から、ともかくまずはウラガを泳がせてみようという方向に話がまとまりつつあった。

「霊子力技術を兵器に転用となると、霊力《れいりょく》のコンバーターやコンデンサーに使う素材を大量に必要とする訳だから、その辺を取り仕切っている一族に接触するかもしれないな」

孝太郎も晴海やティアの意見に賛成だった。霊子力技術を扱う上で、どうしても必要になる特殊《とくしゅ》な素材がある。大地の民の中で、その生産を担《にな》っている一族はそう多くはない。ウラガの関係先から絞《しぼ》り込んでいく事は可能なように思えた。

「我もそう思う。さて、そうなってくると追跡《ついせき》を担当するメンバーが重要になってくる訳だが……」

キリハは孝太郎の言葉に頷《うなず》くと、仲間達の顔を順番に眺《なが》めていく。キリハの頭の中では、どの組み合わせが最適か、目まぐるしい勢いで検討され始めていた。

「はいはーい！　あたし行く！　やってみたい、スパイ大作戦！」

この時、勢い良く手を上げたのが早苗《さなえ》だった。多少不真面目《ふまじめ》に見えるが、やる気は誰よりもあった。

「駄目だ早苗」

だが孝太郎は首を横に振《ふ》る。すると早苗は頬を膨《ふく》らませて怒《おこ》り始めた。

「なんでよー！　あたしだってちゃんとする時はするもん！」

早苗が不真面目に見えるのは表面的なものだ。彼女も今がどういう時なのかはきちんと分かっている。みんなが困っているので自分の力でお手伝いをしよう、そんなやる気が表れているだけだった。

「勘違《かんちが》いするな早苗。駄目だって言ってるのは、お前のせいじゃない」

「じゃー何でなの？」

「相手が悪い。お前が力を使ったら、あっという間に見付かるぞ。埴輪《はにわ》達《たち》がいっぱいいるような場所に行く事になるんだぞ？」

『ホー、早苗ちゃんは目立つホー』

『パワーがあり過ぎだホー』

孝太郎も早苗が悪いと思っていた訳ではなかった。単純に相性《あいしょう》の問題で、霊子力技術は早苗を簡単に見付け出すだろう。早苗は意図的に抑え込んでおかないと、目で見て分かる程の霊力を発しているからだった。

「お前が活躍《かつやく》するのは別の時だ。今回は応援《おうえん》に回って欲しい」

「……………ぬー、絶対だよ？」

「分かってる分かってる。絶対だ」

「ならよし」

早苗もこの事情なら納得《なっとく》だったので、渋々《しぶしぶ》だが引き下がった。早苗の高過ぎる霊力は顕《けん》著《ちょ》な例だったが、基本的に霊力が高いメンバーは使い辛《づら》い状況だった。早苗の影響で常に霊力が高い孝太郎や、アルゥナイアの影響で生命力が高められた結果、霊力も高まっている静香《しずか》などがそうだった。

「ふむ、こうなってくると……晴海とルースあたりが妥当《だとう》か」

通常は追跡や潜入《せんにゅう》となると真希《まき》の出番になるのだが、今回は真希が身体能力にも優れている事が裏目に出た。身体能力が高いせいで、真希は霊力も高めなのだ。そうなってくると魔法担当は残る二人、晴海とゆりかから選ぶ事になるだろう。そうなるとどうしても総合力で勝《まさ》る晴海を選ぶ事になる。

ルースが必要なのは、霊力が通わない機械を操《あやつ》るエキスパートだからだ。霊子力技術は生物相手には滅法《めっぽう》強いが、機械装置に対してはそれほど大きな力は発揮しない。特に重要なのが隠密《おんみつ》性で、完全な機械仕《じ》掛《か》けのロボットは霊力による監視網《かんしもう》に引《ひ》っ掛《か》からない。早苗程《ほど》の力があれば逆に『霊力が存在しない空間が動いている』事を感知してしまうが、軍用グレードの装置であってもそこまでは出来なかった。ちなみに今回のような作戦はクランでも可能なのだが、いかんせん彼女は身体能力が低過ぎる。最初からクランの名前は候補には上がらなかった。

「ちょっと待った、俺《おれ》も行く」

孝太郎にもキリハが言いたい事は分かる。この状況では二人が適任だろう。だが晴海とルースは戦闘能力《せんとう》では若干《じゃっかん》の不安がある。二人とも前に立って戦うタイプではないので、敵が力業《ちからわざ》に出た時に困った状況に陥る。それを補う為《ため》に、前に出て戦う人間が必要であるというのが孝太郎の考えだった。加えてルースが狙撃《そげき》された直後でもある。孝太郎としては心配せずにはいられなかった。

「気持ちは分からなくもないが、汝を行かせるくらいなら、晴海と真希を交代させる。しかしそれさえ避《さ》けたい状況なのだ」

キリハは首を横に振った。追跡や尾行《びこう》は人数が増えれば増える程、相手に気付かれてしまうリスクが高まる。この状況の次善の策は孝太郎を護衛に付ける事ではなく、接近戦もこなす真希を晴海と入《い》れ替《か》える事だ。だがそもそも戦闘が起こるような状況は、作戦の失敗を意味する。そして一番失敗にならないようにする為の人選が、常に慎重な晴海とルースのペアなのだった。

「しかし……」

「信じてお待ち下さい、おやかたさま。わたくし達は立派に役目を果たして帰ります」

なおも言《い》い募《つの》ろうとした孝太郎だったが、その言葉をルースの笑顔《えがお》が遮《さえぎ》った。そしてその時のルースの言葉は、多くの状況で孝太郎自身が口にしてきたもの。孝太郎は反論の言葉を口に出す事が出来なかった。

「ふふふ、里見君《さとみくん》、私達はいつもその気持ちを抱《かか》えて、あなたの帰りを待っているんですよ?」

そして晴海のこの言葉が止《とど》めだった。後に残される者の気持ちは常にこんなものだ、その様に言われては孝太郎には返せる言葉が無かった。

「桜庭先輩《さくらばせんぱい》、ルースさん……本当に気を付けて下さいね?」

孝太郎が言えたのはそこまでだった。二人の言い分は正しい。ずっと彼女達《かのじょたち》にやらせてきた事を、自分だけが嫌《いや》だと駄々《だだ》をこねる訳にはいかなかった。

「大丈夫《だいじょうぶ》です、おやかたさまが率いる騎士団《きしだん》は宇宙一でございますから」

「いざとなったら剣《けん》の力で逃《に》げてきます。逃げる事にだけ力を集中させれば、問題なく逃げ帰れるでしょう」

戦いの質が変わり、心配な事は沢山《たくさん》あった。だがこれまで信じて貰ったように、彼女達を信じる事も大切だった。孝太郎はそれを自分に言い聞かせ、彼女達を見送る事にしたのだった。

晴海が追跡班に選ばれたのは、主に慎重《しんちょう》さと魔法の力を兼ね備《そな》えていたからだが、実はもう一つ事情があった。それは彼女の扱う魔法が古代語魔法であったからだった。

『我が内より出《い》でよ、精神の精霊《せいれい》、生命の精霊！　星の糸車、月の織機《しょつき》もて、紡《つむ》ぎ合い神秘のヴェールを織り上げよ！　覆《おお》い隠せっ！　星月の薄絹《うすぎぬ》！』

ゆりかや真希が使う現代語魔法には、霊力を隠す魔法が存在している。だがそれ専門の魔法という訳ではなく――仕様として想定外なのだ――結果的に霊力をも覆い隠す事が出来るという代物《しろもの》ばかりだ。これに対して晴海が使う古代語魔法は、全て晴海のアドリブで実行されている為に、霊力そのものを直接隠す魔法を使う事が出来る。これにより現代語魔法よりも幾らか効果的に霊力を隠す事が出来るのだった。

「どうですか、埴輪《はにわ》さん達？」

『見事だホー！　この距離でもクラスⅡ――軍事グレードのセンサーが微量《びりょう》の霊力しか捉《とら》えていないホー！』

『これならきちんと距離を保てば感知されないホー！　素晴《すば》らしいホー！』

晴海は状況《じょうきょう》を踏《ふ》まえ、まずは長時間霊力を隠す魔法を使った。長時間を優先したので若干の霊力漏《れいりょくも》れはあったが、センサーと距離を保てば問題はない。そして状況に応じて、短時間だが完全に霊力を隠《かく》す魔法も併用《へいよう》する。この使い分けが可能なのが古代語魔法の強みだった。

「熱光学迷彩《めいさい》を作動。ターゲットをロックオン、パターン十四Bで自動追尾《ついび》開始」

『仰《おお》せのままにマイレイディ』

そしてルースが近くで待機していた小型無人戦闘機《せんとうき》を発進させる。この機体はルースが普段《ふだん》使っているものよりもサイズが小さく、機能も幾らか劣《おと》っている。だがその分敵に見付かり難《にく》く、それでいて追跡に関する能力は殆《ほと》ど変わらない。戦闘能力や機動性を捨てて追跡や索敵に機能を特化したタイプなのだ。この無人機でターゲット、つまりウラガを監《かん》視《し》し、距離を保ったままルースと晴海が後を追う。そして彼が立ち寄った先を調査していくのだ。

『二人の事はおいら達が守るホー！』

『女性を守るのは騎士《きし》の嗜《たしな》みだホー！』

そんな二人の護衛役兼《けん》相談役が埴輪達だった。埴輪達には霊子力遮蔽《しゃへい》装置が標準で装備されているので、護衛役としてうってつけだった。また霊子力技術に関する知識もあるので、晴海達の相談役にもなれる。どちらも重要な役目なので、二体の埴輪は久しぶりに彼らの戦闘用装備である霊子刀や霊波《れいは》砲《ほう》を持ち出して、妙《みょう》に張り切っていた。

大地の民の都市は地底にあるが、どの都市も天井《てんじょう》が高い。おかげでルースの無人機は無理なく活動できるだけの十分な高度を取る事が出来た。その無人機のカメラは、一人の老人の姿を常にレンズの中央に捉えている。老人の名はウラガ＝トウシ。カスミ＝コウマと同じくらいの年格好《としかっこう》の人物だった。晴海とルースは彼のずっと後方にいるが、無人機のおかげで彼の姿を見失う恐れはない。今のところ、彼女らの尾行は上手《うま》くいっていた。

ウラガ＝トウシは表向きは政治的に中道右派、かつてライガが起こした反乱には加わっていなかった。目立たないが建設的な言動で周囲を支え、政治よりも彼の仕事の方がよく知られている。ウラガは地底における魚類の養殖《ようしょく》の実用化を成《な》し遂《と》げた事で有名な人物だった。その仕事の関係でカスミ＝コウマと親交があり信頼も篤《あつ》く、ライガとも親しい間柄だった。彼もライガの子供時代を知る人物なのだ。その為、ライガが軟禁《なんきん》されてからも時折面会に訪《おとず》れている。これはもちろん、昔馴染《むかしなじ》みのライガ坊《ぼう》やに、差し入れを届ける温厚《おんこう》な老人としてだった。

だがウラガの裏の顔は急進派のメンバーであり、その信用を利用して政治側の工作をする役割を負っていた。そして現時点では信頼篤《しんらいあつ》い立場を利用して、ライガとの情報の橋渡《はしわた》し役を務めていた。

「……そういう事情でしたら、コウマさんは驚いたんじゃありませんか？」

晴海はそう言って悲しそうに目を細める。コウマは息子《むすこ》のライガが反乱を起こし、いずれ死刑《しけい》になる状況にある。そんな時に古い付き合いの友人の裏切りを知った。いつも優《やさ》しげに微笑《ほほえ》んでいるコウマの胸の内を思うと、晴海はやり切れない思いだった。

『コウマじいちゃんはあれでキレ者だホ。ウラガはきちんとじいちゃんの要注意人物リストに入っていたホ』

『ライガは我が子可愛《かわい》さでマークが外れていただけなんだホ！』

「それは人として仕方のない部分かもしれませんね」

コウマがこの状況を想定していた事を知り、晴海は少しだけ安堵《あんど》した。とはいえ友人の裏切りは出来れば信じたくなかった筈だ。それが晴海が心の底からは安堵出来なかった理由だった。晴海はこれまで様々な事を経験してきた。アライアの記憶《きおく》も一部を受《う》け継《つ》いでいる。だがそれでもまだ、普通《ふつう》の女の子としての感覚が優先される時がある。この時がそうで、コウマを思い遣《や》って心を痛めていた。言い換《か》えれば優し過ぎるのだろう。

「御安心下《ごあんしん》さい、ハルミ様。コウマ様は多くの苦難を乗《の》り越《こ》えて今に至ります。あの笑顔はそうした強さに裏打ちされたものなのです」

しかしルースは生まれながらの武家の娘なので、晴海よりはコウマの気持ちを正確に理解する事が出来ていた。穏健派《おんけんは》と急進派の争いは今に始まった事ではない。何十年にも渡《わた》って繰《く》り返《かえ》されてきたものなのだ。だからコウマは何度も裏切られ、その都度立ち上がって来た。それが出来たのは、決して裏切らぬ者もいるという事を、やはり何十年もの経験から知っていたからだった。

「……そうですね、ちょっと未熟さが出ました。私もまだまだです」

コウマはずっと年上で、困難な局面を幾つも潜《くぐ》り抜《ぬ》けて来た筈だ。優しそうな老人というだけではない――晴海は普通の女の子の尺度でコウマを見ていた事に気付き、少し照《て》れ臭《くさ》い気分になっていた。

「ハルミ様にそう言われてしまうと、わたくし達《たち》はどうしたらいいやら」

ルースはそう言って苦笑《くしょう》する。晴海の決断力、見識の広さは同年代の人間と比較《ひかく》すると群を抜いていた。しかもそこにアライアの記憶の一部が受け継がれている。その晴海に未熟だと謙遜《けんそん》されてしまうと、ルースは困ってしまうのだった。

『晴海ちゃん、ルースちゃん、ウラガが別の建物に入っていくホ！』

『あれはどうやら取引先の市場のようだホ！』

「いけない、仕事に戻《もど》りましょう、ルースさん」

「はい。お話はまた後程《のちほど》」

ここで晴海とルースから笑顔が消えた。場合によってはウラガの後を追って建物に侵入《しんにゅう》する必要も出てくる。彼女達の役目はここからが本番だった。

ここ数日のウラガの立ち寄り先は、表向きの仕事に関係する場所ばかりだった。考えてみればそれも当たり前の事で、そうした普通の生活こそが彼《かれ》の正体を隠してくれている。逆に裏の仕事に関係した場所ばかり立ち寄っていては、あっという間にその正体が露見《ろけん》するに違《ちが》いないだろう。

『この建物は老舗《しにせ》の酒屋の倉庫みたいだホ』

『以前から協力して飲食店を運営しているので、その話だと思うホ！』

ウラガがどこかの場所に立ち寄ると、まずはこうして埴輪達が大まかな情報をくれる。地底世界でも小規模ながら自由な市場経済が成立しているので、各企業の一般的《いっぱんてき》な情報は自由に手に入るのだ。続いて動き出すのはルースだった。

「ハルミ様、内部の盗聴《とうちょう》を始めます」

「お願いします」

ルースは腕輪《うでわ》を操作して無人機を操り、建物の中で行われている会話を盗聴し始めた。

多くの場合は測量用のレーザー光線を窓に当て、ガラスの振動《しんどう》を読み取って音声に復元するという手法を取る。この手法は離《はな》れた場所から実行でき、発覚する可能性も殆どない。

この時もルースはその手法を選択《せんたく》していた。

『今期の樽《たる》も出来が良いようですね。店舗《てんぽ》の方でお客様にいつも褒《ほ》めて頂いています』

『ウチは今年で創業三百年の造り酒屋、半端《はんぱ》なものは出せませんよ。ハハハッ』

『大した自信だ。しかしそう仰《おっしゃ》るだけのものであると、私も思っていますよ』

『外食産業の救世主であるウラガさんにそう言って貰えるのは光栄ですな』

倉庫の中の話し声はいつもより明瞭《めいりょう》だった。この倉庫には大きな一つの部屋しかないので、倉庫内の二人の声が窓ガラスにしっかりと届いていたのだ。

「普通の商談、のように聞こえますね」

晴海は大真面目《おおまじめ》な顔でその声を聞いていた。話の内容はごく普通の酒の取り引きのように聞こえる。また樽を開閉する音、液体が揺《ゆ》れる音、ガラスが触れ合《あ》う音など、言葉以外の音声にも酒の取り引きを思わせる自然な音が含まれている。だから晴海は今回も空振《からぶ》りのようだと判断していた。

「わたくしにもそう聞こえましたが……」

ルースにも晴海と同じように聞こえていた。だが、その表情は厳しいままだった。それに気付いた晴海が首を傾《かし》げる。

「どうかしましたか、ルースさん？」

「ちょっと……気になる事が……」

ルースは腕輪を操作して、復元した音声を解析《かいせき》用のプログラムに読み込ませる。実はこの時、ルースは耳にした音声に僅かな違和感《いわかん》を覚えていた。

「気になる事って？」

「何と申しますか……声が聴《き》き易《やす》過ぎるような気がしまして」

会話そのものには不自然な点はなかった。これに関してはルースも晴海と同じ意見だった。だが音声としてみた場合、これまでの盗聴データに比べて音声がしっかりし過ぎているように感じた。それは情報分析《ぶんせき》担当のルースだからこそ感じ取った事だった。

「やっぱりそうです！　これは一度録音された音声を、スピーカーから再生している音声です！」

音声を分析した結果、ルースの感覚を裏付ける結果がもたらされた。現在の地球の録音と再生の技術では、どうしても起こってしまうデータの欠損がある。しかしその欠損は意図的に放置されているものだ。人間が聴き難《にく》い領域の音に関しては、完全な再現は必要ないからだ。だからルースの耳には聴き易い声として届いた。また幾つかの会話を切り貼《きば》りしているようで、その繋《つな》ぎ目《め》が波形データ上にははっきりと記録されている。この事から分かる事はただ一つ。

「つまり、本当の会話を、スピーカーからの音声で誤魔化《ごまか》しているという事ですか？」

「その筈です。本当の会話を分離《ぶんり》できるかどうか試《ため》してみます！」

晴海とルースの表情は厳しいままだったが、声の調子は幾らか明るくなっていた。今日までは二人の役目はずっと空振り続きだったが、ようやくウラガの尻尾を掴んだかもしれない。二人の意気は自然と上がっていた。

それからしばらくして、ルースは倉庫内の音声の分離に成功した。その結果、ウラガが急進派残党の為にどんな役割を果たしていたのかが浮《う》き彫《ぼ》りになった。ウラガが担当していたのは急進派の拠点に送る為の食料の確保だった。

ウラガは魚介類《ぎょかいるい》の養殖を生業《なりわい》にしているが、大き過ぎたり小さ過ぎたりと、商品にならない規格外のサイズの魚介類が常時発生している。それを廃棄《はいき》した事にして、そのまま急進派残党に流していた。またウラガは飲食店の店舗用に仕入れた食品の一割を急進派残党に横流ししていた。だから客は常に一割少ない料理を食べさせられていた訳だが、これに気付くのは不可能に近い。値段を安めに設定されてしまえば、気付いた者がいてもそういうものだと思うだけで終わってしまうだろう。この他《ほか》にも大小幾つかの手段を併用して、ウラガは急進派残党に食料を供給していた。そしてその為の話を、あの倉庫で行っていたという訳なのだった。

『アクティブ霊子力レーダーの反応があるホ！』

『ここからはより一層の警戒《けいかい》が必要だホ！』

そうしたウラガの裏の仕事を辿《たど》った結果、晴海とルースは都市の外れにある、とある大きな私有地に辿り着《つ》いていた。この時点ではもう、ウラガ本人の姿はない。二人はここにやってくる配送トラックを追って辿り着いていた。

『知らない施設《しせつ》だホ！』

『姐御《あねご》の権限で知らない施設なんてありえないホ！』

埴輪達が持つ情報は、キリハのアクセス権に依存《いそん》したものだ。キリハは次期族長と目されれ、地上侵略の責任者でもあるので、アクセス出来ない情報など殆どない。そうなると非合法の秘密の施設である可能性が高かった。

「という事は敵の秘密基地かも………ルースさん、魔法《まほう》をかけ直します」

「わたくしは無人機の再設定を」

そしてその私有地は倉庫以上に警戒が厳重だった。入口のゲートのあたりには、これまでには無かった霊子力技術を使った警備システムが設置されている。そこから入って数百メートル先にある建物には、武装した警備員らしき人物の姿もある。こうした事から軍事施設の気配が濃厚《のうこう》だ。埴輪が知らない軍事施設という事は、急進派の秘密基地である可能性が高い。そんな訳で晴海とルースは魔法と装備を見直し、より防御的《ぼうぎょてき》な態勢を敷《し》く事にしたのだった。

「ここに地上の企業との繋がりを示す手掛かりがあれば良いんですけれど………」

「ここで終わって貰《もら》えれば、疑い続けなくて済みますしね」

「ふふ、全くです」

晴海とルースは能力的にはこの任務に向いていても、基本的に他人を疑う事が苦手で、性格的には向いていない。二人とも必要ならどこまでもやり続ける覚悟《かくご》ではあるものの、この場所で終わって欲《ほ》しいという思いはあった。

『あと三メートルでアクティブ霊子力レーダーの感知範囲《はんい》に入るホ!』

『二、一、……通過したホ！　魔法は期待通りの効果をあげているホ！』

晴海達は入り口のゲートを堂々と通《とお》り抜けていく。これはもちろん晴海の魔法や、ルースが持ってきた熱光学迷彩などを利用しての事だ。その結果、晴海達はこの場所の防御装《ぼうぎょ》置を素通《すどお》りする事に成功した。

「ふぅ……良かった……」

「……分かっていても、緊張致《きんちょういた》しますね？」

「向いてないんですよ、結局」

「あははは、わたくしもそう思います」

「里見君には絶対に言えませんけど」

「そうですね、言うとおやかたさまは毎回ついていらっしゃいますね」

晴海とルースは軽口を叩《たた》き合いながらも、周囲への警戒は怠《おこた》らなかった。どこから敵が飛び出してきてもおかしくない状況なので、慎重派《しんちょうは》の二人は言葉ほどには油断していなかった。

『やっぱりそうだったホ、あそこを歩いているおじさん達は普通の警備任務にしては重装備過ぎるホ！』

『武器も防具も軍用グレードみたいだホ！　あんなものどこから持ってきたんだホ？』

「その辺も追々調べる必要がありそうですね」

「ルースさん、これまで以上に気を付けて進みましょう」

「同感です。ハルミ様、あの植え込みの陰《かげ》で、一旦《いったん》情報収集をやり直したいのですが」

「分かりました、そうしましょう」

そして目的地の建物との距離が詰《つ》まって来た事で、この場所の警備体制がはっきりと分かるようになる。そこで晴海達は一旦足を止め、情報を集め直した。

「敷地《しきち》の監視は、最外周に集中。他は建物の周辺のみです」

「魔力《まりょく》の反応はなし。流石《さすが》に魔法はないようです」

『霊子力技術の反応はそこかしこにあるホ。そりゃそうだホ』

『建物内に一つだけ空間歪曲《わいきょく》反応？　ルースちゃん、確認《かくにん》して欲しいホ』

「これですね……確かにこれは空間歪曲反応です。しかし反応が小さい………個人用の装備か、逆に超大型《ちょうおおがた》の霊子力技術かも知れません。どちらにせよ確認しなくては」

この時、晴海達は一番欲しかった情報を手に入れていた。それは空間歪曲反応だ。空間歪曲技術はフォルトーゼ特有の科学技術なので、その反応があるという事はフォルトーゼの技術が持ち込まれたという事になるだろう。

だが反応が小さい為に、空間歪曲技術ではない場合も考えられた。空間歪曲の反応は、ゆりかが魔法で瞬間《しゅんかん》移動を行う際や、早苗が全力で霊力を発して防御する時などにも僅《わず》かに検出される。要は何らかの手段で空間を捻《ね》じ曲げた時に検出される反応なのだ。従って僅かな空間歪曲反応を検出しただけで調査を終わらせるのは早計だった。

「これまでの状況から、この場所でやる事は二つです」

晴海はルースと埴輪達に向けて指を二本立てて見せた。

「一つは発見した空間歪曲反応の確認です。そしてもう一つは、コンピューターに入り込んで、地上の企業に繋がるデータを収集する事です」

空間歪曲反応はどうしても近くまで行って確かめる必要があった。危険はあるが、場所が分かっているので素早《すばや》く済ませる事が出来るだろう。それと並行して地上の企業の痕跡《こんせき》を捜《さが》す必要があるが、この基地全体を調べるのは人手も時間も足りず、見付かってしまうリスクだけが高い。そこでまずはコンピューターとネットワークを調べるに留《とど》める。そして空間歪曲反応とネットワーク、個々のコンピューターとネットワークの調査結果を併《あわ》せてその先をどうするか決めよう、というのが晴海の考えだった。

「わたくしもハルミ様のお考えに賛成です。ただし、先にネットワークへ侵入して警備装置に細工をする方が宜《よろ》しいかと」

「警備……ふふ、それはそうですね。では順序としては警備装置を何とかした後に空間歪曲反応を確認、安全な場所へ移動した後でデータの収集という事になりますね」

ネットワークへ侵入して警備装置を無効化、同時に外部からネットワークに侵入し易いようにバックドアを設置。それが済んだら空間歪曲反応を確認し、一旦敷地外《しきちがい》へ脱出《だっしゅつ》。そうして安全を確保した後で、バックドアから再侵入してデータを収集する。データの収集にはどうしても時間がかかるので、このやり方が一番早くて安全だった。

「それが一番おやかたさまを心配させない手順だと思います」

「里見君……きっと心配してくれてるんだろうなぁ……」

「ハルミ様、これまでわたくし達は待ってばかりで気を揉《も》む事が多かったのですが、こうして前に出て来てみると、こちらにはこちらの心配事があるのですね？」

「こちらでは、みんなの為に無茶《むちゃ》したい、みんなの為に無茶できない……そのせめぎ合いがある。初めて知りました」

そして二人はこの時初めて、仲間を後に残して戦いへ向かう者の気持ちを知った。これまでは後方に控《ひか》えている事が多かった二人なので、それを理解出来た事は新鮮《しんせん》だった。だから今度戦いへ向かう誰《だれ》かを見送る時は、なるべくわがままを言わないようにしようと思うのだった。

　二人が発見した急進派のものと思われる秘密基地は、内部にあるコンピューターネットワークが外部から独立していた。おかげで一般《いっぱん》の通信回線を利用して侵入する事が出来ない。まずは内部のネットワークに接点を作るところがスタートだった。

「とはいえ中に入って線を繋ぐには、警備を突破《とっぱ》しなければならない……ジレンマですね」

　晴海が軽く眉《まゆ》を寄せる。ネットワークに侵入するには、中に入って接点を作らねばならない。だが中に入ると警備装置に引っ掛かる。そして警備装置はネットワークに侵入しないと止められないから、堂々巡《どうどうめぐ》りだった。基地の建物内は流石に正面ゲートよりはずっと高度な警備体制が敷かれている筈《はず》なので、魔法や防御装置があっても強引《ごういん》な侵入は危険だった。

「ここでわたくしの得意技《とくいわざ》が生きてきます」

「得意技？」

「これです」

　ルースは背負っていたバッグの中から、ペットボトルと同じくらいのサイズの何かを取り出した。晴海は不思議そうにルースの手元を覗《のぞ》き込む。するとその何かはルースの手の上で動き始めた。

「わっ、ロボットですか、これ？」

「はい。半自動の偵察《ていさつ》用ロボットです。ですがクラン殿下《でんか》のお力で、ネットワークへの物理侵入が出来るようになっています」

ルースの手の上で偵察用ロボットは一旦動きを止めた。最初はそれこそ本当にペットボトルのような形だったのだが、今はやや直立気味のウサギのような姿をしている。このロボットは陸上を移動するタイプの偵察機《ていさつき》で、物陰《ものかげ》から物陰へ移動しながら敵地の情報を収集する。そこへクランが新しい機能を追加し、コンピューターを発見した場合にはコンピューターの拡張用ポートに無線機を設置してくる事が出来る。中のコンピューターに無線機を設置してしまえば、二人が隠れている植え込みの陰からでも無線経由でネットワークに侵入する事が出来るだろう。

『このウサギが忍《しの》び込むより、おいら達が忍び込むホ！』

『おいら達が大活躍《だいかつやく》するチャンスだホ！』

「埴輪さん達には、わたくしとハルミ様を守って頂かなくては」

『それを言われると弱いホー』

『高貴な女性を守るのは騎士の務めだホー』

ルースはそう言って埴輪達を説得したが、実は一番最初の侵入には埴輪達を使えない事情があった。埴輪達とこの偵察機で決定的に違うのは、いざという時に自爆《じばく》させられるかどうかという事だ。現時点では侵入のリスクははっきりしない為、見付かった場合の対処は想定しておく必要があった。そこでこの偵察機にはパーツすら残らないレベルの自爆機能が備わっている。ルースは流石にそんな事を埴輪達にはさせられなかった。同じ機械なのにおかしな話ではあるのだが。

「ともかくこの偵察機一つに魔法などの防御手段を集中させて侵入させたいのです」

「そうすれば集中させた分だけ成功率が高まる……ふふふっ」

「ハルミ様？」

「このデザインはルースさんの趣味《しゅみ》ですか？」

晴海は微笑んだ。フォルトーゼの技術は殆ど分からない晴海であっても、偵察機のデザインがこれ一つではないという事ぐらいは想像がついた。おそらくもっと武骨なデザインや、機能的なデザインもあっただろう。だがルースはこの任務に要求される仕様を満たした偵察機の中から、個人的な趣味でウサギ型を選んだ。それが晴海には微笑ましく思えたのだ。

「は、はい、恥《は》ずかしながら……」

ルースは照れ臭そうに笑う。ルースの性格は真面目《まじめ》で、しかも武家の娘《むすめ》でもある。そういう彼女《かのじょ》が思わず出てしまった女の子らしさ、それを晴海に指摘《してき》された事が恥ずかしかったのだ。そんなルースに晴海は笑顔のまま首を横に振った。

「恥ずかしがる必要はありませんよ。私でもこれがあればこれを選びます」

「ハルミ様もですか？」

「はい、こういう可愛《かわい》い方が良いです」

「そ、そうでしたか……」

同意して貰えた事で安堵し、ルースの表情が緩《ゆる》む。つくづく同行者が晴海で良かったと思うルースだった。

「……もっとも里見君が一緒《いっしょ》に来ているなら、もっとこう、トゲトゲして強そうなのにすると思いますけど」

「分かります。わたくしもきっとそうしたと思います」

「私達の青騎士《あおきし》閣下には、青騎士閣下らしいものを使って頂きませんと」

「ふふふ、対外的にはそうして頂きたいです」

そうしてルースが再び微笑んだ時、彼女の手の上にいたウサギ型の偵察ロボットが行動を開始した。まるで本物のウサギのように手の上から飛び降りると、一旦晴海の前にやってくる。侵入前に、晴海に魔法をかけて貰う必要があるのだ。

「ふふ、からくり人形のウサギに魔法をかけるなんて、とってもメルヘンですね」

晴海はそう言ってもう一度微笑《ほほえ》むと、両手をウサギ型偵察機に向け、魔法を発動させる為の呪文《じゅもん》を詠唱《えいしょう》し始めた。

ウサギ型偵察機は埴輪よりも幾《いく》らか小さいくらいのサイズなので、存在を隠す為の魔法に必要とされる魔力は小さい。魔法であっても、小さいものを扱《あつか》う時には小さい力で済むのは同じなのだ。だから晴海はウサギに複数の魔法をかける事が出来た。それらは透明化《とうめいか》や電磁波吸収といったものだ。そうして多くの魔法で守られたウサギは、魔力が見える晴海とルース――――ルースにも魔力が見えるのは額の紋章《もんしょう》のおかげ――――には虹色《にじいろ》に輝《かがや》いて見えた。

「とてもメルヘンなものを作ってしまいましたね、ルースさん」

「ウサギ型のロボットと虹色の魔法は相性抜群《あいしょうばつぐん》でございます」

『あれはおいら達には出せない空気感だホ……』

『諦《あきら》めるなブラザー！　可愛いに限界はないホ！』

二人と埴輪が見守る中、鋼鉄のウサギは虹色の尾《お》を引きながら走っていく。周囲を警戒しながら物陰から物陰へ、走る姿は本物のウサギのようだった。そしてウサギ型偵察機による秘密基地への潜入は見事だった。常に人の視界やセンサーの感知範囲の死角に入るように移動し続け、距離《きょり》も適切に保った。おかげで気配を悟《さと》られる事はなく、晴海に魔法が無くても大丈夫だったんじゃないかと思わせるほどだった。

「ハルミ様、ウサちゃ――――いえ、偵察機が条件が良いコンピューターの端末《たんまつ》を発見しました」

「凄《すご》いですね、まだ何分も経《た》っていませんよ」

「端末の拡張ポートに無線機を設置、ミラーを設置しながら後退を開始しました」

「ミラー？」

「通信に使うのは可能な限りレーザーなんです。敵の軍事基地内では、なるべく電波は出したくありませんから」

偵察機が優先的に探していたのは、窓の近くでなるべく目立たない位置に設置されているコンピューター端末だった。それが無線機を取り付けるのに適した配置なのだ。この無線機は複数の通信方法を備えているが、一番安全なのはレーザー通信だった。レーザーは直進する光なので、人間の目に見えない周波数帯のレーザーを使えば、人間にもセンサーにも気付かれる心配は殆どない。そんな訳で偵察機は無線機を設置すると、レーザーを反射させる為の鏡を幾つか設置して、無線機からのレーザーを窓から外へ出し、晴海達が居る場所まで導いた。これによりルースは建物の外にある植え込みの中から、コンピューターを操作する事が出来るようになっていた。

「レーザー通信の接続安定、コンピューターが遠隔《えんかく》操作出来るようになりました」

「クランさん、晴海です。基地内のコンピューターに繋がりました」

基地内のコンピューターが遠隔操作出来るようになった時点で、晴海は腕輪型の通信機を使ってクランを呼び出した。

『やっとわたくしの出番ですわね。少しお待ちになってくださいまし、すぐにネットワークに侵入《しんにゅう》致しますわ』

クランはこの場所には来ていない。孝太郎達《たち》と一緒にコウマの邸宅《ていたく》に居るのだ。そこから通信機経由で晴海達に協力する事になっているのだ。この時のクランの仕事は二つ。まずは基地内のコンピューターネットワークに侵入する事。レーザー通信はその為の接点を作ったに過ぎない。まずはセキュリティを突破して基地内のネットワークに侵入、基地全体のコントロールが出来るようにする必要があった。

『おかしいですわね、想定より少しセキュリティのレベルが高いですわ』

「お手伝い致します、殿下」

『頼《たの》みますわ』

秘密基地のコンピューターとそのネットワークは、大地の民《たみ》の技術レベルを若干だが上回っていた。その分だけクランはハッキングに手間取った訳だが、ルースの援護《えんご》もあってそう時間はかけずにセキュリティを突破する事が出来ていた。

『基本ソフトは大地の民のものですけれど、どうやらコンピューターそのものの性能が普通ではないようですわ』

「殿下、パーツ単位で幾つか技術支援《しえん》が行われているという事でしょうか？」

『これまでのものとは互換性《ごかんせい》のない新コンピューターを提供するよりは、そちらの方が理に適《かな》っていますわ。認証《にんしょう》用のサーバーの性能が高いだけで、侵入の難易度はグッと上がりますし、わたくし達にも気付かれ難い訳でしてよ』

セキュリティ突破の過程で、クランはフォルトーゼの技術が提供されているかもしれないと感じていた。コンピューターは基本ソフトと二つで一つ。単純にコンピューターだけを提供しても、大地の民の基本ソフトと互換性がある基本ソフトを別途《べっと》用意する必要が出てくる。それをするぐらいなら中央演算装置や記憶装置など、大地の民のコンピューターのパーツを解析して機能の高いものに置《お》き換える方が早い。もちろんコンピューターをまるごと提供する場合に比べると効果は低いが、地球のコンピューターよりも高性能になっているというだけで十分に意味があった。そしてこの事が、この軍事基地にヴァンダリオン派の残党が関与《かんよ》している可能性を濃厚にしていた。

『そのあたりの事は想像していても始まりませんわ。一旦後回しにして、今度は警備を黙《だま》らせる必要がありますわね』

「そうですね、急ぎましょう」

そしてもう一つのクランの役目が、警備装置と警備の人員を無力化する事だった。これから晴海達は基地に潜入《せんにゅう》し、空間歪曲反応の原因を調べる必要がある。その時に彼女達に危険が無いようにするのがクランの役目だった。

警備装置と警備の人員を無力化するのは、クランにとってそう難しい事ではなかった。警備装置に関しては内部の数値を操作して、動いていないのに動いているように見せかけるだけで良かった。人員の方はそう簡単にはいかなかったが、警備装置の責任者の端末に警備の人員の為《ため》のマニュアルがあった。それを元に警備の手薄《てうす》な場所を見付ける事が出来た。晴海とルースはその手薄なルートを進み、どうしても厳しい場所は晴海の魔法やクランの工作などで通り抜ける。厳密には警備人員の無力化までは出来ていないが、これで空間歪曲反応を調べに行く事が出来そうだった。

『……警備装置や人員の配置を見ると、ライガの情報通り、この基地はごく最近作られたもののようですわね。おかげで穴が多くて、貴女方に有利になっているようですの』

クランは基地全体の警備状況を分析した結果、そのように結論した。普通、コンピューター上でファイルに手を加えると、その履歴《りれき》が残る。だが警備体制を記したファイルには殆ど修正された様子がないし、ファイル自体が作られたのは半月前となっている。そうした事からは、かなり急いで作った事が窺《うかが》われた。警備体制だけでなく、おそらく基地そのものもそうなのだろう。

「つまりそれがライガが言っていた不安、なのでしょうね。ヴァンダリオン派の残党は急進派の将来を考えていない」

「壊滅《かいめつ》状態の急進派は急いで動き出すので、隙《すき》が多くなりリスクが大きい……それに獄《ごく》中から気付く辺り、やはり危険な男かと……」

じっくり時間をかけて準備したならまだしも、こうした付《つ》け焼刃《やきば》の準備では、遠からず急進派はボロを出し、大地の民を巻き込む形で壊滅する。これでは破壊《はかい》と混乱――つまりはテロを起こすくらいが精々で、ライガが目指す支配の形に至らない。今になって晴海とルースはライガのその言葉を実感していた。

「ルースさん、ライガはヴァンダリオン派残党との共闘《きょうとう》は将来のヴィジョンが見えないと言っていましたけれど……むしろ彼らは、地底の急進派残党の自滅《じめつ》を期待しているのではないでしょうか?」

「技術さえ吸い上げれば、後はテロの手駒《てごま》……確かに、ありそうな話かと」

晴海とルースは空間歪曲反応があった地点を確認すべく、クランの誘導《ゆうどう》に従って比較的《ひかくてき》安全なルートを進んでいく。二人の表情は険しい。二人とも分かっているのだ。自分達がきちんと役目を果たせるかどうかに、大地の民の未来がかかっているという事が。それだけに二人の歩みは慎重《しんちょう》だった。

『二人ともストップだホ』

『この角の向こうに人が居るホ』

『通常の警備のようですわ。交代の時間が近いので、貴女方が居る方向へは来ないと思いますわ。その場で待機を』

「分かりました、待機します」

元々慎重な二人がいつも以上に慎重になっているので、敵に見付かってしまうような安易な行動はない。今もそうで、待機と言われただけなのにきちんと物陰に入り、ルースが持ってきた熱光学迷彩《めいさい》を作動させていた。

『やはり交代の時間だったようですわね。そちらへは行かず、警備員の詰め所《しょ》の方へ向かいましたわ』

『もう大丈夫《だいじょうぶ》だホー！』

『出発だホー！』

晴海達は物陰から抜け出《だ》すと、再び歩みを進める。もちろんこれまで通りの慎重さで。そうやって移動に数分を費やした結果、彼女達《かのじょたち》は目的地に辿り着く事が出来た。

「この部屋ですね」

晴海は空間歪曲反応があった位置にある部屋に入ると、すぐに周囲を見回した。それは空間歪曲反応の出所を捜しての事ではない。脱出の為の経路を確認する為だった。不幸にしてそこは窓のない部屋で、出口は入ってくるのに使ったドアしかない。つまりこの場所に長居は無用だった。

「どうやら倉庫のようですが……」

部屋は広く、しかし無人だった。並んでいるコンテナや剥《む》き出しの資材からすると、その場所が倉庫であるのは間違《まちが》いないだろう。問題は何故《なぜ》ここから空間歪曲反応がしているのかという点だった。

「埴輪《はにわ》さん達、反応はここで間違いありませんか？」

『間違いないホー！　今も反応があるホ！』

『一番奥《おく》の壁際《かべぎわ》みたいだホ！』

「ハルミ様、何か問題が？」

「ええ……相互《そうご》に技術供与《きょうよ》をしたい筈ですから、私は空間歪曲反応は研究室のような場所から出ていると思っていたんです」

「そうか！　こんな場所にしまっておく筈がない！」

お互《たが》いに技術を提供し合う筈なので、それを研究するのが当然で、倉庫にしまっておく筈がない。反応がこの場所から出ている事は奇妙《きみょう》だった。

「どうお考えですか、ハルミ様!?」

「技術が高度過ぎて扱い切れなかったのなら、基地の準備も止まっている筈です。研究室の整備が遅《おく》れているか、それとも……ともかく、何かしらこちらの想定を超《こ》えた事が起こっていると思います。ここは最大級の警戒をすべきです」

ここへ至るまでに、晴海達はこの基地内で戦いの準備が進められている様子を幾つも目にしてきた。訓練する兵達、軍事グレードの武器を満載《まんさい》したトラック、戦闘《せんとう》用の機械。今すぐにも戦争を始めそうな勢いだった。それらはフォルトーゼの技術が得られる前提で始めた準備の筈なので、技術を扱い切れなかったらここまで急激な準備は行われなかった筈だ。だとするとこの場所で反応があったのは研究室の整備が遅れているとか、霊子力《れいしりょく》技術の中に空間歪曲反応を示すものがあって偶然《ぐうぜん》この場にあるとか、そうした晴海達側が想定していない事態が考えられた。何が起こるか分からない。晴海の言葉通り、出来る限りの警戒が必要だった。

「分かりました、現在使えるものは全《すべ》て出します。ハルミ様は魔法を――」

「いえ、こちらの方が良いでしょう」

晴海は小さく笑うと右腕《みぎうで》を前方に伸《の》ばし、手を開いて正面へ向ける。それは魔法を使う時のそれとは違う動作だ。魔法の時は両手を前に出す。ルースがその事を不思議に思った次の瞬間、それは起こった。

「来なさい、シグナルティン!」

ゴォッ

晴海がそう言った直後、彼女の額で剣《けん》の紋章が輝き始めた。すると彼女が伸ばした手の先に銀色に輝く一本の剣が出現する。その直後、晴海の身体《からだ》から純白の魔力が溢《あふ》れ出し、同時にその髪《かみ》が銀色に輝き始めた。シグナルティン、今でこそ九人と契約《けいやく》が結ばれているが、それでも一番晴海と繋がりが深い神与《しんよ》の剣だった。

「……そのお姿で、その剣を手にしておられるのを見ると、わたくし達《たち》フォルトーゼの人間には胸に迫《せま》るものがあります」

「中身は晴海なので、見た目ばっかりなのが申し訳ないですけれど。ふふふ……」

シャリィイイン

軽く微笑《ほほえ》んだ晴海は剣を手に取り、慣れた手つきで鞘《さや》から引《ひ》き抜《ぬ》いた。その構えは孝太郎と同じ伝統的なフォルトーゼ式。晴海の姿からは十分に剣の修行《しゅぎょう》をした堂々たる迫力《はくりょく》が感じられた。それはアライアが晴海の中に残していったもの。魂《たましい》は同化して消えても、アライアは確かに晴海の中に存在しているのだった。

「決してそのような事は！　ハルミ様は――――」

『声紋確認《せいもんかくにん》、ルースカニア・ナイ・パルドムシーハ。待機モード解除、戦闘モードへ』

ガラッ

感情的になった事で少し大きくなったルースの声、その声に反応したものがあった。それは晴海とルースが探していた、空間歪曲反応を出しているものだった。

「あれはフォルトーゼの⁉」

「はい！　機動兵器です！」

それは最初二メートルに届かないくらいの箱の形をしていた。だがルースの声を聞いた時から変形を繰《く》り返《かえ》し、周囲にあるものを押《お》し退《の》けながら立ち上がった。変形を終えた時にそこに居たのは、鋼鉄製の巨大《きょだい》な蜘蛛《くも》、多くの武器を備えた多脚《たきゃく》型戦車だった。

「ブービートラップ⁉」

ルースは出現した機動兵器の姿を見た瞬間、これが罠《わな》であった事に気が付いた。機動兵器にも空間歪曲反応を示す武器や装置が多数装備されている。それが待機モードで置かれていたから、微弱《びじゃく》な反応が検知された。そしてここに置かれていた意味は、調べに来た者を倒《たお》す事。基地が見付かる事を想定した罠だったのだ。

「しかしこれではっきりしました！　やはりこの基地はフォルトーゼと繋がりがあります！」

晴海は厳しい視線で機動兵器を睨《にら》み付けると、両手で剣を構え一歩二歩と踏《ふ》み出した。罠に嵌《はま》ってしまった格好だが、ここに機動兵器があるという事は、そのままフォルトーゼとの繋がりを意味している。ライガの情報は正しかったのだ。今の状況《じょうきょう》は大地の民の急進派に限れば、動き出す前に尻尾《しっぽ》を掴《つか》む事が出来たと言える。決して悪い状況ではない。晴海達がこの罠を脱《だつ》する事が出来れば、という条件付きだが。

「高エネルギー反応！　撃《う》って来ます！」

「ルースさん、防御は任せます！」

「ハルミ様!?　いえ、分かりました！」

敵に向かって行こうとする晴海に一瞬《いっしゅん》戸惑《とまど》ったルースだったが、晴海が手にしている物が何であるのかを思い出して、素直《すなお》に従った。晴海は霊力《れいりょく》が使えないが、魔法は孝太郎以上に上手に使う。そして手の中にはシグナルティン。もしかしたら今の晴海は孝太郎並みに強いかもしれないのだ。

『来たれ、風と水の精霊《せいれい》よ！　我《わ》が剣に宿りて、雷帝《らいてい》の力を示せ！』

晴海は呪文を詠唱しながら前進する。かつては身体が弱かった晴海だが、今の彼女にはその欠点はない。その身のこなしは素早く力強かった。しかし敵もそれを黙って見てはいない。機動兵器は八本の脚《あし》を器用に使って、モノに溢れた倉庫をまるで何もない場所であるかのように高速で進んでくる。そうしながら機体上部に装備されているビーム砲《ほう》を晴海に向けて発射した。八本の脚で常に機体の姿勢が安定しているから、狙《ねら》いは極《きわ》めて正確だった。

「ハルミ様、そのまま進んで下さい！」

しかしそのビームの前には六機の小型無人戦闘機《せんとうき》が立ちはだかった。無人機はルースの命令に従って、三機一組で三角形を形作った。そして三機で協力して空間歪曲場――――バリアーを形成する。そうやって出来た二枚のバリアーを重ねて、ルースは晴海を守った。

キュウゥンッ、ビキィッ

機動兵器の砲撃《ほうげき》は二枚のバリアーでも止められなかったが、それでも大きく威力《いりょく》を減じていた。

『ホー！　おいら達もいるホー！』

『これなら楽勝だホー！』

最後は二体の埴輪達《はにわたち》だった。カラマとコラマは霊力を固めて作ったバリアー、霊子力フィールドを展開。弱まったビームを受け止めた。本来なら受け止められないような威力の砲撃だが、ここまで減衰《げんすい》していれば問題はなかった。

「それ以上はさせません！」

ルースが操《あやつ》る六機の無人機は防御の三角形を解くと、今度は円を描《えが》くように整列した。その直後、無人機はレーザーを発射。その六発のレーザーは全く同時に蜘蛛型の機動兵器に着弾《ちゃくだん》した。

ビキィッ

この時、機動兵器は晴海に向けて再度の砲撃をしようとしていた。だがルースの無人機の攻撃《こうげき》を察して、その為のエネルギーを空間歪曲場に集中させて身を守った。結果としては無人機は敵に何もダメージを与《あた》えられなかったが、晴海への砲撃は防ぐ事が出来た。おかげで晴海は剣の間合いまで無事に辿り着く事が出来た。

『――雷雲《らいうん》より出《い》でし竜《りゅう》の爪《つめ》が如《ごと》く！　薙《な》ぎ払《はら》えっ、轟雷《ごうらい》の竜爪《りゅうそう》！』

晴海が機動兵器を剣の間合いに捉《とら》えたのと、呪文の詠唱が終わったのは同時だった。晴海は白い閃光《せんこう》を宿した剣を思い切り振《ふ》り下《お》ろした。孝太郎の斬撃《ざんげき》と比べれば力強さには欠けるが、代わりに優雅《ゆうが》さと狙いの正確さでは勝っている。その一撃《いちげき》は機動兵器が防御の為に繰り出した前脚《まえあし》を擦《す》り抜け、カメラやセンサーが密集する頭部へ突《つ》き刺《さ》さった。

ドコォォォォオン

次の瞬間、眩《まばゆ》い閃光が部屋を包んだ。晴海が剣に集中させていた魔力が一気に解放されたのだ。晴海は遠距離《えんきょり》攻撃《こうげき》の魔法を使う事が出来るが、今回はあえて近接攻撃の魔法にこだわった。当たり前の話だが、使えるエネルギーの総量が同じなら、飛ばさない方が威力があるのだ。その分危険度は高かったが、晴海はルースと埴輪達を信じた。その結果がこの一撃だ。斬撃と共に解放された雷《かみなり》の魔力は、ルースの砲撃で弱っていた空間歪曲場を易々《やすやす》と貫《つらぬ》き、機動兵器の頭部に叩き込まれた。すると強烈《きょうれつ》な電流が機動兵器の身体を駆《か》け巡《めぐ》り、ありとあらゆる電子回路を焼き切った。その結果、蜘蛛型の機動兵器は何度か小さな爆発《ばくはつ》を繰り返した後、その場に倒れ込んで動かなくなった。

「ふぅ……」

機動兵器が動かなくなったのを見届けると、晴海は大きく安堵《あんど》の息を吐《つ》いて剣を鞘に戻《もど》した。仲間達を信じてはいても、得体の知れないものと戦うのはやはり緊張《きんちょう》する。こればかりは仕方のない事だった。

「お見事です、ハルミ様！」

そんな晴海に、ルースが笑顔《えがお》で駆け寄《よ》る。この時のルースは心なしか興奮していた。機動兵器を一刀の下《もと》に倒した晴海の姿は、ルースの目から見ても見事なものだった。

「初めてでしたが、上手《うま》くいってくれて良かったです」

「ふふふ、御謙遜《ごけんそん》を。しかしこれがシグナルティン――というか、剣の姫《ひめ》の本来の戦い方なのですね」

ルースが興奮していた事にはもう一つの理由があった。それはアライアがシグナルティンを使って戦った場合はどうだったのか、それを知る事が出来たからだった。本来フォルトーゼの王権の剣は、契約した本人が使う剣だったから。すると晴海は彼女にしては珍《めずら》しく、ルースのこの言葉に不満げに眉をひそめた。

「この剣は里見君のものです。本来の戦い方は、私と里見君が一緒に戦うものです」

この時の晴海は少し膨《ふく》れっ面《つら》になっていた。晴海の――そしてアライアの――選択《せんたく》は、間違いなく剣は孝太郎を守る為のもの。そして孝太郎がフォルトーゼを守る。その構図は絶対に譲《ゆず》れなかった。

「それは分かります、ちゃんと分かっていますけれど……アライア陛下が本気を出せばどれだけ強かったのか、それを知る事が出来て嬉《うれ》しかったんです」

ルースにも晴海が言っている事の意味は分かる。ルースの額にも晴海とは色違《いろちが》いの剣の紋章が刻まれているのだから。だがルースはフォルトーゼの国民として、偉大《いだい》なる皇帝《こうてい》アライアが、どういう力を得る可能性があったのかという事には純粋《じゅんすい》な興味があった。

「里見君が強いのが良いんです、私もアライアさんも」

晴海が――そしてアライアが――剣を孝太郎に託《たく》したのは、彼女が孝太郎を愛していればこそだ。だから剣を自分で使うという事を『本来の』と表現される事には大きな抵《てい》抗《こう》がある。晴海にしては珍しく、一歩も退《ひ》けない部分だった。

「ハルミ様、拗《す》ねないで下さい。わたくしもおやかたさまが最強が良いです！」

晴海の珍しい感情表現に、ルースは思わず苦笑《くしょう》する。そして同時に理解した。この純粋で強固な想《おも》いこそが、二千年の時を超える原動力だったのだ。

「……本当ですか？」

「でなければ騎士団《きしだん》の結成を望む筈はありません」

「道理ですね。許します。今後は――」

そうして晴海の機嫌《きげん》が直りかけた、その時だった。

ヒュッ

話題の中心であったシグナルティンが、突如《とつじょ》として晴海の手の中から消失した。もちろん紋章が活性化した状態にある晴海には、剣に何が起こったのかがすぐに分かった。

「里見君が戦ってる!?」

剣が消えたのは、孝太郎が呼んだから。同時に晴海は額の紋章を介《かい》して、シグナルティンの魔力が強まったのを感じていた。つまり孝太郎はシグナルティンで何者かと戦っているのだった。

「ハルミ様、クラン様からメッセージが届きました！　どうやらカスミ家の屋敷《やしき》が襲撃《しゅうげき》された模様です！」

「襲撃……？　そうかっ、これは兵力を二分させる罠だったたんだ！」

晴海はこの時、ヴァンダリオン派残党が考えていた事を理解した。大地の民の急進派残党とライガは、組織が半壊《はんかい》している事や軟禁《なんきん》中で反応が読めない等、秘密裏《ひみつり》に接触《せっしょく》して仲間にするにはいささか不安がある相手だった。

そこでヴァンダリオン派の残党は、彼《かれ》らを孝太郎達を引き寄せる為の餌《えさ》に使った。技術供与をチラつかせて煽《あお》れば、大地の民の急進派残党は焦《あせ》って行動を開始する。そうなれば組織が半壊しているせいで、どうしても何処《どこ》からか情報が漏れる。するとその情報に引き寄せられて孝太郎達は地底世界へ。そうなれば事前に地底世界に伏《ふ》せておいた兵力で大規模な攻撃が仕《し》掛《か》けられる。また空間歪曲《わいきょく》反応で誘導して、孝太郎達の兵力を分断出来ればなお結構。晴海とルースはまんまと騙《だま》されてこの場所へ誘導されていたのだ。

「ルースさん、すぐに里見君達の所へ戻りましょう！　この場所にもきっとすぐに敵が押し寄せてきます！」

この場に置かれていた機動兵器が何処《どこ》へも連絡《れんらく》していない等ありえないだろう。恐《おそ》らくはこの場所の機動兵器の作動が、孝太郎達への攻撃開始の合図だった筈だ。だとするとこの場所で次に何が起こるかは明白だろう。

「ハルミ様、無人機にわたくし達の幻影《げんえい》を被《かぶ》せて下さい！　それでこの部屋を出る時間を稼《かせ》ぎましょう！」

「分かりました！　すぐに！」

この部屋の出口は背後にある一つのみ。警備の人員は間違いなくそこから来るし、晴海達はそこから逃《に》げ出さねばならない。何もかも計算し尽《つ》くされた罠だった。だが一つだけ救いがあった。それは晴海達が敵の機動兵器をほぼ一撃で倒した事だ。そこで稼いだ時間をいかに有効に使うかが、晴海達が無事に脱出出来るかどうかの要《かなめ》だった。

カスミ家の攻防　六月八日(水)

ヴァンダリオン派の残党にとって厄介《やっかい》だったのが、ころな荘《そう》一〇六号室の防御《ぼうぎょ》体制の強固さだった。かつてはただのアパートだったが、今では銀河規模の大使館とでも言うべき状態にある。無論、その防御体制は刷新され、見ただけでは分からないが、周囲には多くの人員や警戒《けいかい》・防御の為の装置が大量に配置されている。またその上空ではステルス能力を持つ小型の戦闘機が常時警戒にあたっている。おかげで今のころな荘はちょっとした軍事基地並みの防御力《ぼうぎょりょく》を持っていた。それはつまりころな荘を直接攻撃するのは得策ではないという事を意味する。戦う場合には、どうやってそこから孝太郎《こうたろう》達を引き出すかが問題だった。

そんな時に目に留まったのが、大地の民の急進派の残党だった。彼らを上手く使えば、孝太郎達を上手く誘導できるのではないか――ラルグウィンはそう考え、急進派残党へのアプローチが開始された。

急進派の残党は、反体制派思想なので接触して仲間に引き入れるのは魅力的《みりょくてき》だ。だが組織としては壊滅状態に近く、またライガは軟禁中で直接その意思を確認《かくにん》する事が難しかった。つまり地球にいるヴァンダリオン派の残党にとっては、仲間にするにはリスクが高過ぎる相手だった。実際、共闘しないかと持《も》ち掛《か》けると情報が漏《も》れた。組織が壊滅状態で指導層が一枚岩ではなく、情報管理も徹底《てってい》出来ないのだから当然だろう。

だがそれこそがラルグウィンの狙いだった。大地の民から再度反乱の情報が漏れれば孝太郎達が動き出す。そうすれば孝太郎達は強固に守られているころな荘から離《はな》れる事になる。ラルグウィンはその時を待っていたのだ。

そしてラルグウィンは事前に地底世界に兵力を伏せておき、孝太郎達がやってくるのを待った。ライガから情報が漏れた事には驚《おどろ》いたが、それ以降はほぼラルグウィンの想定通りに話が進んだ。兵力の分断も一定の成果を挙げ、今やカスミ家の邸宅を奇襲《きしゅう》するばかりという状況となっていた。

「………こんな事をお考えだったのですね」

「正直に言うと、秘密基地の方にもう一人二人行って貰《もら》えれば良かったのだがね。まあ、贅沢《ぜいたく》は言うまい」

カスミ家の背後には裏山がある。ラルグウィンの一派はその森の中に陣取《じんど》って、突入《とつにゅう》の機会を窺っていた。

「それでファスタ、連中の状況は？」

「少し前から、奥の方にある部屋に籠《こも》って、何かしているようです」

「まあ、仲間が敵の基地に潜入しているのだから、そのバックアップだろう。並行して今後の作戦を立てている、というところか」

ヴァンダリオン派の残党に所属している狙撃手《そげきしゅ》のファスタは、優《すぐ》れた情報収集能力を持っている。だからこそ超遠距離《ちょうえんきょり》の狙撃が可能になるのだ。今の彼女はその能力を如何《いかん》なく発揮して、カスミ家の邸宅の内部の様子を窺っている。とはいえまだ攻撃態勢に移る前なので、あまり積極的な情報収集は出来ない。複数の観測機器や小型の偵察機《ていさつき》を用いて、敵に見付からない距離からカスミ家の情報を収集している。幸いカスミ家は木造の邸宅なので、この状態でも分かる事は多かった。

「潜入チーム以外のメンバーは、全員この部屋に集結しています」

「という事は、向こうにとって重要な局面という事だ。………総員戦闘態勢で待機、指示を待て！」

晴海《はるみ》とルースがウラガを追っているだけの時期は、孝太郎達は個々に動き回っていた。

訓練をする者や食事を摂《と》る者、縁側《えんがわ》で昼寝《ひるね》をする者といった具合だ。常に奥の部屋に籠っていたのは二、三人といったところだった。それが今は全員が奥の部屋にいる。つまり潜入チームの二人が、基地の中に踏み込んだという事が考えられる。いざとなれば救援《きゅうえん》に飛び出していかねばならないからだ。それはラルグウィンの一派にとって、戦闘開始が近いという事でもある。孝太郎達の注意が晴海とルースに究極に集中した瞬間《しゅんかん》こそが、攻撃のチャンスなのだ。

「ラルグウィン様、基地の倉庫に配置した機動兵器から信号を受信！　待機モードを解除し、戦闘モードへ移行しました！」

「十秒後に作戦開始、カウントダウンをスタート！」

機動兵器が敵を認識《にんしき》してから実際に攻撃が可能になるまで数秒かかる。そして基地にフォルトーゼ製の兵器があった事で孝太郎達が行動を開始するまでに更《さら》に数秒。そうして孝太郎達の意識が全て晴海とルースに向いたその瞬間に、ラルグウィン達はカスミ家に突撃《とつげき》する。十秒待つのはその為だった。

「カウント終了《しゅうりょう》まで、五、四、三、二、一、作戦開始！」

「総員突撃！　全速前進、敵に考える余裕《よゆう》を与えるな！」

カウントの終了と共に、ヴァンダリオン派の残党は一気に攻撃へ移った。裏山といってもカスミ家までは多少距離がある。そこで乗り物を使っての突撃になった。乗り物を使うと隠密《おんみつ》行動は難しいので、奇襲であってもすぐに発見されるだろう。だがその反面、歩兵用の武器よりも強力なものが使用できるという強みもある。そしてその強みは、すぐに発揮される事となった。

「射程に入った者から攻撃を開始！」

最初に発射されたのはビーム砲だった。フォルトーゼにおける地上戦は、多くの場合でビーム砲の砲撃から始まる。レーザーが実用化されているのでミサイルはあまり有効ではなく、レーザーはレーザーで大気中では減衰が激しい。その結果、自然と最大までエネルギーをチャージしたビーム砲による砲撃、という事になるのだった。

「敵の防御装置が作動、撃ってきます！」

両軍の砲撃が交錯《こうさく》する。武器は奇《く》しくも双方《そうほう》共にビームだった。しかしビームの中身には大きな違《ちが》いがある。ラルグウィン達のビームは白熱した重金属粒《りゅうし》子で、邸宅からの反《はん》撃《げき》は破壊の性質を与えた霊力だ。相性《あいしょう》の問題で双方共に防ぐのは難しく、お互いが一撃必殺の力を秘《ひ》めていた。

「今頃《いまごろ》動き始めても遅《おそ》い！　我々はもうここまで来ているのだぞ!?」

カスミ家の邸宅からの砲撃で味方の車両がやられても、ラルグウィンは余裕の笑顔を崩さない。この程度の損失は予想の内だ。そしてこれからは近過ぎて砲撃は難しい。ラルグウィンは計画した通りのタイミングと兵力で、カスミ家の邸宅に突入した。

孝太郎達がラルグウィンの接近に気付いたのは、彼らが裏山から打って出た直後の事だった。ラルグウィン側は最初から地底に兵を入れていたので、空間歪曲反応等では捉えられない。この僅《わず》かな出遅《でおく》れは仕方のない事だろう。そして僅かな出遅れで済んだのは、キリハが攻撃を想定していたからだ。ラルグウィンの暗躍《あんやく》を抜きにしても、大地の民の急進派残党が襲撃してくる可能性はあった。キリハを討《う》ち、ライガを救うという、二つの目的を同時に達するまたとないチャンスだったからだ。

「高エネルギー反応と空間歪曲反応を検知！　キィ、やはり裏山ですわ！」

カスミ家を襲《おそ》う場合に想定されるルートは幾《いく》つかある。その中でキリハが一番怪《あや》しいと考えていたのは裏山だった。そして裏山からの攻撃を想定していたからこそ、孝太郎達が出遅れずに済んだのだ。

「霊子力フィールド展開、砲門《ほうもん》開放、砲撃開始！」

クランの報告を受け、キリハは矢継《やつ》ぎ早《ばや》に指示を出していく。攻撃されると分かっていて何もしないのは愚《おろ》かな行為《こうい》だろう。キリハはカスミ家に移動式の霊子力フィールド発生装置と霊子力ビーム砲を持ち込んでいた。それらを使って敵の足を緩《ゆる》め、孝太郎達戦闘《せんとう》要員が配置につく時間を稼ぐのだ。

「にゃはははははっ、右舷《うげん》弾幕《だんまく》うすいぞー、なにやってんのー!」

砲撃を担当していたのは早苗《さなえ》だった。霊子力関連の武器はその性質上、使い手の霊能力《れいのうりょく》に大きく影響《えいきょう》を受ける。早苗の場合は適当に発射ボタンを押しても、強引《ごういん》に自身の霊能力で誘導して命中させてしまう。また本来致死《ちし》性《せい》兵器である筈《はず》の霊子力ビーム砲は、非致死性兵器に変化している。今の霊子力ビーム砲は、命中すれば車両は簡単に破壊《はかい》するのに、何故か人は死なないという、非常に理不尽《りふじん》な兵器に変貌《へんぼう》していた。おかげでヴァンダリオン派残党の兵達は意識を失った味方を後退させる為に人員を割《さ》かねばならなくなり、早苗は効率良く敵の兵力を削《そ》いでいた。

『まずいわよキリハさん! 屋敷の石垣《いしがき》がドッカンドッカン言ってる! これもうすぐ穴が開くわよ!』

敵を迎《むか》え撃つ為に屋敷の裏手に回った静香《しずか》が悲鳴半分で報告してくる。カスミ家は昔から戦士の家柄《いえがら》だが、屋敷が戦闘の拠点《きょてん》とされていたのは何百年も前までの話だ。その頃《ころ》に整備された石垣は、現代における戦いの防壁《ぼうへき》としては脆弱《ぜいじゃく》だった。しかも霊子力フィールドは元々、物理的な攻撃に対しては効果が薄《うす》い。結果的に霊子力フィールドは敵のビームを弱める事しかできず、石垣への被弾《ひだん》が続いていた。静香が言うように、撃ち崩《くず》されるのは時間の問題だろう。

「ゆりか、裏庭に着き次第《しだい》、石垣の強化を！」

『わかりましたぁ！　でもそう長くはもちませんよぉ？』

「それでいい！　向こうは突入したがっているのだ！」

早苗の砲撃に晒《さら》されているので、ラルグウィンは砲撃出来ないところまで飛び込んでしまいたい。また状況的《じょうきょうてき》に彼らの目的は孝太郎とその仲間の誰《だれ》かの殺害である筈なので、その意味でも遠距離《えんきょより》を保とうとはしないだろう。ゆりかが魔法《まほう》で石垣を支えるのはあと三十秒も要《い》らない筈だった。

裏庭には静香の他《ほか》に、孝太郎とティアの姿もあった。この三人に関しては、襲撃が起こった直後にこの位置へ移動していた。ちなみにゆりかは魔法使《まほうつか》いなので、イレギュラーに備えて当初は屋敷の中央近くで待機していた。だが襲撃は裏山側からだけだったので、彼《かの》女《じょ》もうすぐ駆け付けるだろう。

「ふふん、いよいよわらわの出番じゃな」

ティアが不敵に笑う。今のティアは身長が五メートル近くある。これはコンバットドレスの装備の一つ、グラップルブラックのおかげだった。グラップルブラックはその名の通り格《かく》闘《とう》戦に特化した装備で、本来はコンバットドレスに武器を取り付ける為のハードポイントに、格闘戦用の手足を取り付けている。大まかには着用する事で身体能力を強化するスーツと、乗り込み型のロボットの中間にあるような装備だと言える。そしてこれによってティアは五メートルの身長を得たという訳だった。

ゴン
ティアが自信満々に手と拳《こぶし》を打ち合わせると、全く同じ動きでグラップルブラックの鋼鉄の手が打ち合わされる。グラップルブラックにも幾つかの武器が装備されているが、一番の武器はやはりその質量だ。グラップルブラックが両手を打ち合わせたその重々しい音は、周囲に響《ひび》き渡《わた》った。

「ティア、今回はお前の立ち回りが難しいが……任せたぞ、死角は俺《おれ》が守ってやる」

「珍しく素直じゃのう、コータローや」

「今は桜庭先輩《さくらばせんぱい》がいないから、俺は全力で戦えない。それに……」

「それに？」

「……それに、俺はお前らをもう少し信じてみる事にした。桜庭先輩とルースさんを送り出した時みたいに」

「ふふんっ、ようやくそなたにも分かってきたようじゃの！　任せよ、そなたの主君は偉大じゃ！」

　孝太郎の言葉を聞いた途端《とたん》、ティアの士気はグッと高まった。鼻息は荒《あら》く、その瞳《ひとみ》には自信が満《み》ち溢れている。そしてその気持ちの昂《たかぶ》りに反応してか、ティアの額に赤い剣の紋《もん》章《しょう》が浮《う》かび上《あ》がりつつある。その力は全身に広がり、溢れた分はグラップルブラックを包み込んでいった。

「ねっ、里見《さとみ》君、私にはそういうの無いの？」

　静香は軽い柔軟《じゅうなん》体操をしながら笑う。その瞳にはからかうような色が宿っていた。

「そんな事言っても、大家さんは俺よりも遥《はる》かに強いじゃないですか」

「もー、バンバン撃たれるのって怖《こわ》いんだから！　これでも女の子なんですけど？」

「……もんなか堂のクリームあんみつでどうでしょうか？」

「絶対よ？　後になってなかった事にして下さいは駄目《だめ》だからね？」

「はい、そのように致《いた》します」

「よろしい！」

静香はそう言って笑うと、最後に一度大きく伸びをする。その後に再び砲撃を受け続ける石垣の方を見た時には、静香はもう戦士の顔をしていた。そしてその額にはティアと同じように剣の紋章が浮かびつつある。この戦いが終わるまでは、静香はもう女の子の顔には戻らないだろう。

「お、お待たせしましたぁ！」

そこへやって来たのがゆりかだった。屋敷の中央付近から思い切り走って来たので、ゆりかの息は上がっていた。

「早速《さっそく》だが頼《たの》む」

「はいっ！　キュリングエージェント・モディファー・エリアエフェクト・ラージ！」

その息を整える暇《ひま》もなく、ゆりかは呪文《じゅもん》の詠唱《えいしょう》を開始した。その呪文は一時的に物質の構成をより強固にする魔法を発動させる為《ため》のもので、ゆりかはこの魔法で今も砲撃を受け続けている石垣をもう少し持ちこたえさせようと考えた。ゆりかが呪文を唱え始めると、彼女が掲《かか》げる杖《つえ》がオレンジ色の光を放ち始める。その光はやがて杖を離れて大きく膨れ上がり、目の前にある石垣を包み込んだ。

「これであと何十秒かは持ちこたえる筈です！」

「よくやった！　ゆりか、お前は最初のうちは俺と一緒《いっしょ》にティアや大家さんの援護《えんご》だ！　途中《とちゅう》からはお前の判断に任せる！」

「えっ……………」

　この時の孝太郎の指示に、ゆりかは目を丸くした。一つ目の指示の意味は分かる。前に出る二人には攻撃が集中するので、魔法で守ってやる必要があるのだ。問題は二つ目の指示だった。

　――――私の判断に、任せる………？

　それはこれまでゆりかが聞いた事が無い指示だった。ゆりかはこれまで誰かが示す作戦に沿って戦ってきた。それは大体キリハかティア、孝太郎のうちの誰かだった。自分の判断で戦うのは指示が間に合わない時や、どうしても単独行動が必要な時だけだった。しかしたった今孝太郎の口から飛び出したのは、自分自身の判断で戦えという指示。かつてない出来事に、ゆりかは面食らっていた。

「どうだ、出来るか!?」

　晴海の不在でシグナルティンは本来の力を発揮しない。だから孝太郎達にはゆりかの援護が必要だが、恐らく孝太郎にはゆりかに指示を出している暇がない。ティアが戦力不足を補う為に持ち出したグラップルブラックは強力なのだが、巨体故《きょたいゆえ》の死角があり、そこを攻撃されないように守ってやる必要があったから。

「や、やりますっ！　任せて下さいっ！」

ゆりかはその目に強い光を宿して大きく頷《うなず》いた。ゆりかは嬉しかった。必要に迫られての事ではあっても、孝太郎がゆりかを信じてくれた事が。孝太郎はルースと晴海を信じて送り出したように、ゆりかの事も信じてくれたのだ。ゆりかにはその信頼《しんらい》を裏切る事は出来ない。何故《なぜ》ならゆりかの額にも、剣の紋章が刻まれているから。ゆりかは愛用の杖であるエンジェルハイロゥを固く握《にぎ》りしめると、強い瞳で孝太郎の横に立った。

ラルグウィン率いるヴァンダリオン派残党が裏門を突破《とっぱ》してきたのは、ゆりかが裏庭へ到着《とうちゃく》した十数秒後の事だった。魔法で強化されていても、裏門には流石《さすが》に車両の体当たりを止められるだけの力はなかった。そして車両の体当たりでこじ開けた門の隙間《すきま》から、多くの人員と兵器が敷地内《しきちない》へと侵入《しんにゅう》してきた。

ラルグウィンの兵力は歩兵が三十二名と、歩兵を火力支援《しえん》するタイプの軽機動兵器が二機。裏山から出て来た時点では一小隊四十人だったが、早苗の砲撃によって四人が倒れ、その後退の為に四名が残った。だがこの損耗《そんもう》は計画のうちだったので、ラルグウィンはそのまま兵を進めていた。

その迎撃《げいげき》に当たるのは孝太郎とティア、静香とゆりかの四人に加え、コウマの私兵が八人。孝太郎達は敵の半数以下だが、能力の差を加味すると決して不利とは言えない。もちろんラルグウィン達はフォルトーゼの軍用装備を使うので、単純な攻撃力《こうげきりょく》ではティアに匹《ひっ》敵《てき》する。油断のならない相手だった。

「………初めてお目にかかる、レイオス・ファトラ・ベルトリオン卿《きょう》。私はヴァンダリオン家に連なるラルグウィン・ヴァスダ・ヴァンダリオン。以降お見知りおきを」

孝太郎達にとって驚きだったのは、先頭に立って指揮していたのがラルグウィン本人であった事だった。慎重《しんちょう》さと優れた知性で知られる人物なので、先頭に立って戦う人物とは考えていなかったのだ。

「ラルグウィン……まさか自分で出て来るとはな」

「そろそろ挨拶《あいさつ》が必要だと思ったのさ。これでも叔父《おじ》には恩を感じているのでね」

ラルグウィンにとっては孝太郎は叔父ヴァンダリオン卿の仇《かたき》。ヴァンダリオンは最終的に混沌《こんとん》に呑《の》まれる形でこの世界から消滅《しょうめつ》したが、そのきっかけを作ったのは間違《まちが》いなく孝太郎《たろう》だ。だからラルグウィンとしては、孝太郎が死ぬ時は、何故《なぜ》、どんな相手に討たれたのかを知っている状態でなければ納得《なっとく》がいかない。仇討《あだう》ちは知らぬ間に殺されているような、単純な暗殺では成立しないのだった。

「だが私は仇討ちされてやるつもりは無いぞ、ラルグウィン。私にも通さねばならない義理と、返さねばならない恩がある」

シャキィイン

孝太郎は腰《こし》に下がっていたシグナルティンを引き抜く。この時の孝太郎はいつになく真《しん》剣《けん》だった。孝太郎が青い鎧《よろい》を着てこの剣を構える以上、騎士《きし》として相応《ふさわ》しい態度と行動が必要になる。二千年前の世界で、共に生きた人々の為に。

「そうだな、そういう二千年の重みが君を伝説たらしめている。倒そうとする側にとっては頭の痛い問題だ」

ジャキッ

ラルグウィンが構えたのはライフルだった。騎士の家の出のラルグウィンだが、孝太郎に合わせて剣で戦うつもりなど毛頭なかった。自身が剣で戦っても孝太郎には勝てないと分かっているからだ。ラルグウィンは騎士の誇《ほこ》りにこだわって負ける趣味《しゅみ》はない。どんな形であれ敵討《かたきう》ちを成《な》し遂《と》げるつもりだった。

「そうは言っても、出てきた以上は勝算があるんだろう?」

孝太郎はこの部分を不気味に思っていた。これまでのラルグウィンの立ち回りからすると、勝算なしにやって来たとは思えなかった。特に今回はラルグウィン自身が姿を見せている。何か必勝の策があると考えるのが妥当《だとう》だった。

「それはそうだ。無駄《むだ》に兵力を消耗《しょうもう》する訳にはいかないからね」

「という事は、この会話もその一環《いっかん》という事だな!」

ここで孝太郎は何の前触《まえぶ》れもなく右手のシグナルティンを大きく振り回《まわ》した。

ズドンッ

すると孝太郎の左側に居た何かが大きく跳《は》ね飛《と》ばされていく。それはラルグウィンが孝太郎の注意を惹《ひ》いている間に、熱光学迷彩《めいさい》を利用して、姿を消して接近してきていた暗殺者だった。

「攻撃開始!」

そしてそれがきっかけだった。ラルグウィンは会話を打ち切ると空いている方の手を上げ、部下の兵士達《たち》に攻撃を命じた。するとラルグウィンも合わせて三十二人の兵士達が一斉《いっせい》に行動を開始する。裏庭にある障害物の陰《かげ》に入る者、装甲《そうこう》が厚い機動兵器を前面に出して共に前進して来る者と、その行動は様々だ。ラルグウィン自身も障害物の陰に入り、ライフルによる攻撃を開始していた。

――――熱光学迷彩で見えていない筈なのに、間合いに入った瞬間倒《しゅんかんたお》された……銃撃《じゅうげき》にもあり得ない速度で反応しているようだ……やはり青騎士《あおきし》には我々とは違う何かが見えている。音でも電磁波でもない何か……この地底世界の技術か、それとも……。

この時、ラルグウィンはただ指揮をしながら攻撃しているだけではなかった。それと並行して、様々な攻撃に対して孝太郎がどう反応するかを観察していたのだ。

「青騎士以外に火力を集中しろ！」

孝太郎を直接攻撃しても効果が薄く、孝太郎を倒そうと躍起《やっき》になればなるほど向こうのペースになる――――それを察したラルグウィンは、あえて孝太郎への攻撃を牽制《けんせい》程度に抑《おさ》え、他の敵を狙い始めた。どうせ孝太郎を攻撃しても倒せずに一方的に攻撃されるだけなのだから、孝太郎以外を狙った方が効率よく敵を減らせる。そして敵が減った後で全力で孝太郎を倒そうというのだ。また、そもそもラルグウィンは以前から孝太郎の仲間を減らしたいと考えていたので、その意味でも孝太郎以外を狙うのが正解だった。

「コータロー、敵が増えて来たぞ！」

「こいつら！」

そしてこの作戦変更《へんこう》が結果的に孝太郎の自由を奪《うば》う形になった。ティアはグラップルブラックの強力な攻撃力を背景に敵を追《お》い詰《つ》めていたが、その巨体《きょたい》が仇となって死角も多かった。背後に回られて関節部を狙《ねら》われたりすると窮地《きゅうち》に陥《おちい》るだろう。またカスミ家の私兵は弱くはないものの数が少ない。単純な数の戦いに持ち込まれればあっという間に崩壊《ほうかい》するだろう。おかげで孝太郎は自然とティアと私兵達のカバーに回らねばならなくなり、敵に攻撃を仕掛ける機会を削がれてしまっていた。

――青騎士の弱点の一つは、彼が青騎士であるという点だ……。

戦況《せんきょう》が好転したのを見て、ラルグウィンは不敵に笑った。ラルグウィンはこれまでの情報を分析《ぶんせき》した結果、青騎士――孝太郎の弱点を幾つか発見していた。今回の仲間の方を狙うという作戦は、その弱点の一つを突いたものだった。

ゴンッ、ドドッ

「ぐうぅっ！」

やがて防戦に忙殺《ぼうさつ》される孝太郎に、ラルグウィン達の攻撃が命中し始める。孝太郎を狙ってもかわされるが、孝太郎は味方への攻撃を代わりに受ける。つまり孝太郎を狙わなければ、孝太郎に当たるという事――これも味方を見捨てない孝太郎だからこその弱点と言えるだろう。

「里見君、ティアちゃん、大丈夫《だいじょうぶ》!?」

「今すぐ助けますぅ！」

静香とゆりかも孝太郎達と似たような状況《じょうきょう》にあった。静香の必勝パターンは、突出《とっしゅつ》した攻撃力と防御力を生かして飛び込み、敵を掻《か》き回す事だった。だが最初の時点で静香には孝太郎と同様に暗殺者が差し向けられていて、一手出遅れてしまった。そのせいで静香が暗殺者を排除《はいじょ》した時点では、既《すで》にラルグウィン側が陣形《じんけい》を整えてしまっていた。そこからは敵の攻撃はゆりかに向けられ、静香はそのカバーに回らざるを得ず、その絶大な攻撃力を生かせない形になってしまった。しかしラルグウィン達の攻撃がやや孝太郎側に偏重《へんちょう》していた為に、静香とゆりかには若干《じゃっかん》の余裕があった。そして彼女達《かのじょたち》は、その余裕を使って孝太郎達を助けようとしていた。

「こっちはいい！　ゆりか、お前が攻《せ》めなきゃ勝てない！」

「でも！」

「このままただ戦っても数の差で押《お》し負ける！　誰かが攻撃する必要があるんだ！」

そもそも孝太郎達は人数で負けている。敵の武器がティアと同等である以上、今のような単純な力比べに持ち込まれると押し負けてしまう。どうにかしてこの構図自体をひっくり返す必要があった。それが出来るのは今のところゆりか一人。静香はゆりかを守る事に手を取られているから、ゆりかがやらねばならない事だった。

「そうよゆりかちゃん!!　今こそ魔法少女らしく戦う時じゃない!?」

「魔法少女らしく……は、はいっ、やってみます!」

これまで多くの場合、誰かの後について戦ってきたゆりかなので、戸惑《とまど》いや不安はあった。しかし静香の言葉で思い出した。自分が何に憧《あこが》れていたのかという事を。アニメに出てくるような魔法少女、そしてナナと出会ってからは彼女が目標になった。果たしてナナは、こんな時にどうしただろう?　その答えは明白だった。ゆりかは知っていた。どんな強大な敵にも怯《ひる》まず立ち向かう、誰よりも小さくて、誰よりも大きな背中を。

「私は愛と勇気のプリンセス☆魔法少女レインボゥゆりか!　この世界の平和は、私が守ります!」

ゆりかはそう言って自らを奮い立たせると、走る向きを孝太郎達がいる方向から、攻撃《こうげき》して来ている敵の一団の中心へ向かう方向へ変えた。ナナと同じように華麗《かれい》に戦う事は出来ないだろう。だがゆりかなりのやり方で戦う事は出来る。そしてその時のゆりかの背中が、ナナと同じように見えていればそれで構わないのだ。ゆりかはただそれだけを願って、両手でしっかりと杖を構えた。

敵の中で一番派手な格好をしている少女が方向転換《てんかん》した時、銃《じゅう》で彼女を攻撃していた兵士達は、ほんの一瞬《いっしゅん》だが彼女を見失った。これは彼らが少女の移動に合わせて、銃を動かしながら撃《う》っていた為で、彼女の急な方向転換についていけなかったのだ。だがこういう事は実戦においては良くある出来事なので、彼らは訓練通りに落ち着いて少女の姿を照準に捉《とら》え直した。派手な格好をしているので、そうするのは簡単だった。だが彼らが再び引き金に指をかけた時、兵士達は味方の誰かが投げたと思われる手榴弾《しゅりゅうだん》が、吸い込まれるように少女の足元に転がっていったのを見た。

ズドンッ

地を揺《ゆ》らす轟音《ごうおん》と共に、少女の姿が掻き消《き》える。後に残ったのは爆発《ばくはつ》で出来たくぼみと、もうもうと立ち込める土煙《つちけむり》だった。

「フン、馬鹿《ばか》め、非常識な格好の女一人で何が出来ると思ったんだ？　よし、一旦《いったん》後退して距離《きょり》を取るぞ！」

少女が倒れたと判断した分隊長は、部下を後退させた。残るもう一人の少女が接近戦のエキスパートで、非常に強固な防御力を持つ事が分かっている。派手な少女を守る必要がなくなった彼女が攻勢《こうせい》に出るのは明らかなので、土煙を利用して一旦距離を取り、攻撃を集中させる為の隊列を組み直す必要があった。だが、そこで奇妙《きみょう》な事が起こった。部下のうちの数名が指示を無視してその場に立《た》ち尽くしていたのだ。

「どうした？　命令が聞こえなかったのか？」

命令の聞《き》き漏らしなど良くある事だ。爆音《ばくおん》に紛《まぎ》れたとか、必死に戦っていて注意が回らないなど、理由は様々だった。そしてそういう突発的《とっぱってき》な問題にも気を配れるのが有能な指揮官だ。その意味においてはきちんと部下の行動を確認したこの分隊長は有能だと言えるだろう。

「………」

だが分隊長の二度目の言葉にも、問題の兵士達は無言だった。複数の部下が二度目の言葉にも反応しないとなると流石におかしい。嫌《いや》な予感を覚えつつも、分隊長はもう一度口を開いた。

「お前達――――」

バタンッ
その時だった。立ち尽くして動かなかった数名の部下達が、その場にばたりと倒れ込んだ。まるで操《あやつ》り人形《にんぎょう》の糸が切れたかのようだった。

「おい、あいつらを引っ張ってこい！」

「了解《りょうかい》！」

この分隊長には倒れた部下を放置する趣味はなかった。彼は同じ人数の部下を送り、倒れた部下達の回収を試みた。だが、これが完全に裏目に出た。

バタンッ
「なんだと⁉」

今度は仲間の回収に向かった者達が倒れる。そこで彼はようやく気付いた。自分達が何かの攻撃を受けている、と。

「それ以上行くんじゃない、何か攻撃を受けている！　行けば連中の二《に》の舞《まい》だぞ！」

別の部下達が、倒れた仲間達を助けに行こうとしていたので、分隊長は慌《あわ》てて彼らを止めた。それから頭の中で素早《すばや》く状況を整理する。

――急に倒れたが……攻撃手段は何だ？　何もやられていない。手榴弾が爆発しただけだ。その時の土煙が漂《ただよ》っているだけ……土煙……？　いや、そもそも誰が投げた手榴弾だったのだ⁉

分隊長はハッとして正面を見た。土煙はまだそこにあった。風がなければ土煙が滞空《たいくう》し続ける等良くある話だ。だがこの場所はそうではなかった。

「あの土煙を吸い込むな！　ガスか何かだ！」

そもそも最初からおかしかった。手榴弾は爆発するという性質上、味方との連携《れんけい》を考えて使用するものであって、分隊長の命令か手榴弾を投げる者が自己申告《しんこく》してから使用されるのが普通《ふつう》だ。なのに分隊長は手榴弾投擲《しゅりゅうだんとうてき》の指示を出していないし、誰からの申告も無かった。もしかしたら『手榴弾が足元に転がる立体映像』を見せられただけなのではないだろうか？　そして土煙の中心に、毒ガスを放出するドローンのようなものがあったとしたら？　分隊長は戦慄《せんりつ》する。彼《かれ》はラルグウィンから聞かされていたのだ。敵には立体映像を使った陽動作戦を得意とする者がいると。ヴァンダリオンはそれで何度も煮《に》え湯《ゆ》を飲まされたと。

「見た目に騙《だま》された！　あの娘《むすめ》、見た目通りじゃない！」

結果的に、分隊長は衣装と手榴弾、二つの見た目に完全に騙されてしまっていた。衣装で油断し、手榴弾の立体映像で味方を失った。娘程《むすめほど》の年頃《としごろ》の少女に手玉に取られ、分隊長は悔《くや》しさで奥歯《おくば》を噛《か》みしめる。だが、彼の不幸はまだ終わっていなかった。

「分隊長、土煙が動き始めました！」

分隊長に看破されたからか、ただ滞空していた土煙が渦《うず》を巻きながら、まるで意志を持った生き物のように彼らに接近してきた。分隊長は味方に下がるように合図をしながら、自らも後退していく。

「絶対に煙《けむり》を吸うんじゃないぞ！　吸えば――」

その瞬間、突然《とつぜん》分隊長の目の前が暗くなった。

――馬鹿な、俺は煙を吸っていないぞ……何故……。

それが敵の攻撃であるという事はすぐに分かった。しかし問題の土煙とはまだ距離がある。そんな筈はないという気持ちが強かった。その疑問の答えは、他ならぬ派手な少女が与《あた》えてくれた。

「安心して下さい、そのガスはしばらく意識を失うだけのものです」

驚いた事に、その少女は土煙の中から現れた。その瞬間、分隊長は全《すべ》てを悟《さと》った。

――攻撃に使ったガスは無色透明《むしよくとうめい》……土煙も立体えい……。

派手な服、爆発、後に残った煙。その全てがまやかし。手榴弾で倒されたふりをして視界から消え、土煙に身を隠《かく》して無色透明のガスを操って攻撃する。土煙をガスだと誤認《ごにん》した時点で、兵士達は無色透明のガスによる攻撃をかわしようがなかった。

「……前から何となく思ってたけど、一番本気にさせたらいけないのって、実はゆりかちゃんなんじゃないかしら……」

そしてガスで倒し損ねた者は、もう一人の少女が接近して倒す。手榴弾の爆発の陰に、攻撃と防御を共に隠す見事な戦法だった。こうして全てを理解した分隊長だったが、もはやガスの影響は拭《ぬぐ》い難《がた》く、そのまま意識を失った。

「……ま、また毒ガスで勝ってしまいましたぁ……」

問題はただ一つ。この攻撃を主導した人物の望みは、決して『天才化学兵器使い』になる事ではないという事だった。


ゆりかが目の前の分隊を退けた事で、戦況は孝太郎達に有利に進み始めた。孝太郎と正対して戦っていたラルグウィンの部隊の横腹を、静香とゆりかが攻撃し始めたのだ。

「そろそろいつもみたいに帰った方が良いんじゃないか?」

「そう言えるほど君には余裕が無いように見えるが」

ラルグウィンが言うように、孝太郎は傷だらけだった。ティアやカスミ家の私兵を守る事を優先して戦っていたからだった。これはティアや私兵達も同じような状況で、誰もが傷だらけだった。しかし孝太郎もティアも戦意を失っていなかった。

「余裕はこれから出来るのじゃ、ラルグウィン！　我らはこの時が来るのを待っていたのじゃからな！」

ティアは不敵に笑う。実は防戦一方だったのは作戦のうちなのだ。元々数で劣《おと》るので、静香とゆりかが敵の数を減らしてくれるのを待っていたのだ。そしてその二人がラルグウィンの横腹を突《つ》いた事で、孝太郎達はようやく攻勢に出られるようになった。元々せっかちなティアだから、ずっと待ちの状態でフラストレーションがたまっている。存分に暴れてやるつもりだった。これには孝太郎も賛成だった。

「思い切りやっていいぞ」

「うむ、ティアミリス参る！　我《わ》が騎士よ、わらわに続け！」

ティアは前進すると華奢《きゃしゃ》な腕《うで》を大きく振《ふ》り回した。すると彼女の身体《からだ》を覆《おお》うグラップルブラックの腕が全く同じ動作をする。

ドゴンッ

グラップルブラックの巨大《きょだい》な拳は、身を隠すのに使っている遮蔽《しゃへい》物ごと、敵兵士を吹《ふ》き飛ばした。五メートルの巨体が振り回す腕は、それ自体が凶器《きょうき》だ。十分な質量を備えた金《きん》属塊《ぞくかい》が、高速で迫《せま》ってくるのだから、直撃《ちょくげき》を受ければひとたまりもなかった。

「しかし偉《えら》いパワーだな」

「ふふん、恐《おそ》れ入《い》ったか」

「お前を褒《ほ》めてるんじゃないぞ」

少し前まではここまで大胆《だいたん》な攻撃は難しかった。一方的に攻撃されている時は、たとえ孝太郎が守っていても、その巨体は良い的でしかなかった。だが今はゆりかと静香が敵の側面を突いてくれているので敵にも余裕はなく、大胆に攻める事が出来るのだった。

「右からの援軍《えんぐん》で皇女達が息を吹き返《かえ》し始めたか……まだか、ファスタ？」

『解析《かいせき》は進んでいますが、誤差がまだ五パーセント含《ふく》まれます』

「時間がない、それで始めろ！」

『了解！』

だがラルグウィンもこのまま負けるつもりは無かった。フォルトーゼ側の要《かなめ》となっている青騎士《あおきし》の騎士団《きしだん》、その構成メンバーを一人でも殺害出来れば今後の戦いを有利に進める事が出来る。こんな奇襲《きしゅう》の機会は滅多《めった》に無いので、ここで孝太郎やティアのような精神的な支柱、あるいは情報担当者を倒したいところだった。

『ベルトリオン、裏山の方で高エネルギー反応を検知！』

「この忙《いそが》しい時に！」

孝太郎は敵を一人叩《たた》き伏《ふ》せると、裏山の映像を拡大して表示させた。映像は戦う孝太郎の視界を邪魔《じゃま》しない位置に表示された。孝太郎はティアの背後に回り込もうとする敵の足下《あしもと》にＧＯＬで砲撃《ほうげき》を加えながら、チラリとその映像に目をやった。

「まずいぞクラン、デカ目の大砲《たいほう》だ！」

『こちらでも確認《かくにん》しましたわ！　あれは拠点攻撃《きょてんこうげき》用の移動砲台《ほうだい》でしてよ！』

裏山の高エネルギー反応は、大型砲《ほう》がエネルギーをチャージし始めた事で生じたものだった。この砲は移動式のビーム砲で、砲撃していない時は浮遊《ふゆう》しての移動が可能だ。そして砲撃時には着陸して正確な砲撃を行う。それは歩兵部隊が扱《あつか》う移動型の砲としては最大級の物で、しかも一つではなかった。全部で四つの砲が孝太郎達を狙っていた。

「キリハさん、あれを吹っ飛ばせないか!?」

『通常出力の霊子力《れいしりょく》ビームでは射程外だ。それに早苗はそちらへ向かっている』

四つの砲は裏山の山頂近くに設置されており、距離は一キロを超《こ》える。比較的《ひかくてき》大型とはいえ中距離《ちゅうきょり》戦用の霊子力ビーム砲では射程外だった。早苗が撃つ場合はその限りではないが、彼女は孝太郎達の救援《きゅうえん》に向かっていて砲手《ほうしゅ》席にはいなかった。

「クランッ、何か手はないか!?」

『今のタイミングでは……とりあえず霊子力フィールド出力ぜんか――ロックオン検知！』

「何を狙ってる!?」

『あなたですわ！　あの四門の砲全《すべ》てで、あなたを狙っているのですわ！』

「クッ！」

このタイミングで超遠距離戦《ちょうえんきょり》に持ち込まれた事で、孝太郎達には咄嗟《とっさ》に出せる対策が無かった。唯一《ゆいいつ》の対策は屋敷《やしき》を守る霊子力フィールドを展開する事ぐらいだったが、砲のサイズからしてそれで防げるとは思えなかった。この時の孝太郎に出来た事は仲間達が密集しているエリアから離《はな》れる事だけだった。

「全軍後退、地図上に表示してある安全マーカーの外側へ出ろ！」

『エネルギー充填完了《じゅうてんかんりょう》、射撃《しゃげき》準備良し！』

「こいつで駄目なら今はお手上げだ！　やれっ、ファスタ！」

『発射します！』

ドッ

山頂付近に設置された四門の大砲は、ほぼ同時に火を噴《ふ》いた。発射されたのは直径数十センチの強力なビーム。何故それらは同時に火を噴いたのか、それは孝太郎に砲撃を命中させる為だった。

――――これはかわせない……！

孝太郎はその瞬間《しゅんかん》、直撃を受けると悟った。砲手――――ファスタの殺気の線は見えているが、全力で身をかわしても攻撃範囲《こうげきはんい》の外側に出る事が出来ないのだ。そうなるのは当然で、これまでヴァンダリオン派が収集してきた戦闘《せんとう》データ、そして先日の狙撃《そげき》。ラルグウィンはそれらから得られたデータを解析し、孝太郎の反応速度と移動速度を割り出した。そこから導き出したのが、四門のビーム砲で同時攻撃する作戦だった。ビーム砲の着弾《ちゃくだん》地点をずらして発射する事で、点ではなく面で攻撃する。発想はかつてエゥレクシスが取った戦法と似ているが、彼の場合は戦闘後の被害《ひがい》を考えてここまでの大規模な攻撃では実行しなかった。だが大型砲ゆえの難点もあり、調整にここまで時間がかかってしまった。一応この日の交戦データも解析して最終調整を施《ほどこ》したが、砲手のファスタには絶対の自信は無い。当たる筈だが、外れるかもしれない。ラルグウィンはそれを頼《たよ》りないと感じていたが、伝説の男を倒すのだから当然だろうと使用に踏《ふ》み切《き》った。それに迷っている時間も無かったのだ。

ヴァヴァヴァヴァヴァッ

発射された四条のビームは、ほぼ平行に並んで突き進《すす》んだ。直径数十センチのビームが数十センチの間隔《かんかく》で縦横二つ並んでいる訳なので、四本のビーム全体の直径は二メートルを超える。そして狙撃の時とは距離が違《ちが》うので、ビームはあっという間にやってくる。孝太郎にはその一瞬で二メートル以上の範囲《はんい》から抜《ぬ》け出《だ》すのは困難だった。

『ええいっ、突っ込めぇぇぇえっ！　「揺り籠《かご》」おおおおおおおっ‼』

『仰《おお》せのままに、マイレイディ』

ドゴォォォォォォンッ

だが予想に反してビームは孝太郎には届かなかった。クランが『揺り籠』に命じて、空間歪曲《わいきょく》航法――いわゆるワープで無理矢理《むりやり》射線上に割り込ませたのだ。これにより『揺り籠』はビームを受け、飛行能力を失って墜落《ついらく》した。しかしそのおかげで孝太郎はビームの直撃を免《まぬが》れていた。

「チィッ、皇女の宇宙船か！」

予想外の展開にラルグウィンは忌々《いまいま》しそうに舌打ちする。だがすぐに表情は元に戻《もど》る。戦いはこれで終わりではないのだ。

「助かったぞ、クラン！」

『安心している暇はありませんわ！　問題の大型砲がエネルギーを再チャージ中！』

「何だと!?」

状況は好転していない。大砲はおよそ十秒ほどで再チャージを完了《かんりよう》する。だがもう一度ワープで船を送って防ぐのは難しい。無理矢理に空間を飛び越《こ》えるのに必要なエネルギーは、十秒で再チャージという訳にはいかないのだ。孝太郎が十秒間で何処《どこ》かへ隠れるにしても、隠れた場所ごと吹き飛ばされるだろう。少女達の力を結集して守るにしても、ラルグウィンの計略でメンバーが分散させられているので、どうしても全力には至らない。完全にラルグウィンの罠《わな》に嵌《はま》ってしまっていた。

――――こうなったら向こうが撃てないようにラルグウィンに接近するしかないか？　あるいは魔法《まほう》で姿を消すとか？

孝太郎は必死で頭を働かせる。ラルグウィンは味方と共に後退してしまっているので接近は難しい。そうなるとシグナルティンに命じて魔法で熱と電磁波を遮断《しゃだん》、向こうの探知装置にかからないようにするのが良いのだろうが、残り時間で果たしてそれが可能かどうか。それでも悩《なや》んでいる暇はない。孝太郎はシグナルティンを構えて、魔法を発動させようとした。だがその時だった。

『待って下さい、私が行きます！　静香さんっ、私に魔力《まりょく》を貸して下さいっ！』

『何だか分かんないけどっ、この際だっ、やっちゃっておじさま！』

ゆりかが自分から事態の収拾《しゅうしゅう》を申し出た。その手段についてゆりかは特に説明しなかったが、静香は迷わずそれに応じた。そんな暇は無かったし、孝太郎が死ぬくらいなら体重が二トンを超えようが構わなかったから。

『心得た！』

アルゥナイアの返事と共に、静香の体内にある大量の魔力が額の紋章を介《かい》してゆりかに注ぎ込まれていく。火竜帝《かりゅうてい》の膨大《ぼうだい》な魔力は、あっという間にゆりかの魔力を最大まで回復させた。

『リコール・プレキャスト・テレポート!』

魔力が十分にある状態でなら使える魔法があった。それは魔力で空間に穴を開け、遠くまで移動するテレポートの魔法。ゆりかはその魔法を使って、発射直前の大砲のすぐそばに移動した。

『そして次はっ!　ロッテンスワンプ・モディファー・エリアエフェクト・ラージ!』

瞬間移動を終えるなり、ゆりかは残った魔力を振り絞《しぼ》って、もう一つだけ魔法を放った。その魔法は周囲を腐敗《ふはい》して淀《よど》んだ沼地《ぬまち》に変えるもの。本来は目標を沼《ぬま》に落として移動を遮《さえぎ》り同時に対象を腐敗させてダメージを与える高等魔法だが、ゆりかには別の狙いがあった。

「チャージ完了!」

『すぐに撃て!　敵に時間を与えるな!』

「了解、発射しま――――きゃあああぁぁっ!?」

ファスタが引き金を引いたのとほぼ同時に、砲手席が大きく傾《かたむ》いた。大砲の中からでは何が起こっているのか分からず、ファスタは慌てて両手で身体を支えた。

『どうした、何があった!?』

「分かりません、急に砲手席が傾いて……」

『傾いただとぉ⁉』

　この状況を正しく理解していたのは魔法をかけた本人のゆりかだけだった。どんな武器も足場の地面が固く安定しているから正確な射撃ができる。その足場が突如《とつじょ》として沼に変わってしまったらどうなるか。狙いなど滅茶苦茶《めちゃくちゃ》になり、砲は発射した反動で傾く。また沼に沈《しず》んだ事で腐敗に耐性《たいせい》のないパーツはあっという間に腐《くさ》り落ちる。本来は対人戦に用いる魔法だが、大型砲にとっても絶大な威力《いりょく》があるのだった。

『ファスタ、すぐに脱出《だっしゅつ》しろ！　何が起こっているのかは分からないが、こちらから観測した限りでは、四基とも砲が傾いている！　砲撃の継続《けいぞく》は不可能だ！』

「分かりました！」

『こちらもすぐに撤退《てったい》する！　Ｆ地点で合流しろ！』

「はい！」

　そして最後の隠し玉であった大型砲の策が破綻《はたん》した時点で、ラルグウィンは敗北を認めて撤退へ移った。ラルグウィンの本隊は砲撃の時点で既に孝太郎達から距離を取っていたし、ゆりかは魔力を使い切っていたのでファスタを見送るしかなかった。こうして孝太郎達はラルグウィンによる奇襲攻撃《きしゅうこうげき》を辛《かろ》うじて乗り切ったのだった。

地底での奇襲作戦に失敗したラルグウィンは、自らの拠点《きょてん》へと舞《ま》い戻っていた。だが負けたにしてはラルグウィンの機嫌《きげん》は悪くない。狙撃の失敗の時と比べると明らかな敗北なので、ファスタはラルグウィンの機嫌のよさが不思議でならなかった。

「どうしたファスタ？」

「正直に申しますと、ラルグウィン様の機嫌が悪くない事が不思議なのです。簡単に言えば前回と同じです」

「………うん？」

ラルグウィンはここで怪訝《けげん》そうな顔をする。ファスタの口から飛び出して来た言葉が意外だったのだ。そしてそうなる理由は、ラルグウィンには一つしか考えられなかった。

「もしかして、お前には言ってなかったか？」

「何をでしょうか？」

「実は我々が青騎士《あおきし》共を襲《おそ》ったのは、陽動作戦だったのだ」

「陽動？　何の為《ため》です？」

「地底世界から技術者を引《ひ》き抜いてくる為だ。我々が地底でちょろちょろしている理由を、それ以外に見せかけたかったのだ」

ラルグウィンは地上の企業《きぎょう》を経由して、大地の民《たみ》との接点を得た。だがそれは急進派ではなく、既に勢力としては消滅した解体派に連なる者達だった。問題の霊子力遮蔽装置を地上へ持ち出したのは彼らの親族だったのだ。そうした者達は親族が消えても代々の仕事を引き継《つ》ぎ、今も技術者として活動している。そこでラルグウィンは、その者達を親族なり家族なりを人質《ひとじち》にして連れ去る事を考えた。だがその為に地底世界をうろうろしていれば、いずれ穏健派《おんけんは》に悟られる。その目を逸《そ》らす為に急進派を利用した。この構図であれば地底で暗躍《あんやく》していても急進派絡《がら》みだと思わせる事が出来る。そして実際にその通りになり、地底の技術者を数名誘拐《ゆうかい》する事に成功していた。急進派を餌《えさ》に孝太郎達《たち》を分断して襲ったのも、砲撃で孝太郎を倒そうとしたのも、そして何よりラルグウィン自身が先陣《せんじん》を切って戦ったのも、全ては誘拐を成功させる為だった。つまりラルグウィンは目標を達しており、怒《おこ》らねばならない理由など何処《どこ》にもないのだった。

「初耳です」

「すまない、言ったつもりだった。ともかく誘拐には成功した。おかげで我々も無事に撤《てっ》退《たい》出来たという訳だ」

「まさか手に入ったのですか？　軍事グレードの霊子力遮蔽装置が」

「ああ、素晴《すば》らしい性能だったぞ。部隊全員を完全に隠し切った」

実はラルグウィン達は、技術者を誘拐するついでに、最新の霊子力技術を手に入れていた。技術者に武器や装置を作らせるには時間がかかるが、それまでの繋《つな》ぎに使うには十分な量だった。

「順調ですね」

「ああ。当初は雲を掴《つか》むような話だったが、徐々《じょじょ》に形を成してきている。この霊子力技術だけでも、青騎士《あおきし》打倒《だとう》に大きな力となってくれるだろう」

ラルグウィンは当初、技術を得るのに何年もかかる事を覚悟《かくご》していた。伝説の騎士の力の謎《なぞ》を解くなど、本来は映画の中でやるような事だ。それがほんの数ヶ月《すうかげつ》で一つ目の力の謎が解けてしまった。あと幾《いく》つ謎があるのかは分からなかったが、ラルグウィン達にとって大きな障害を一つクリアしたという事は紛《まぎ》れもない事実だった。


カスミ家での戦闘で多大な戦果を上げたゆりかだったが、一〇六号室へ帰った彼女《かのじょ》は酷《ひど》く不機嫌《ふきげん》だった。その原因は孝太郎のある失言だった。

「どうしてああいう酷い事が言えるんですかぁっ、里見さんっ！」

「悪かったよ。みんな緊張《きんちょう》が続いてたんで、冗談《じょうだん》でほぐしてやろうと思っただけだ」

「理由はどうあれぇ、言って良い冗談とぉ、悪い冗談がありますぅ！」

「でもさー、腐女子が沼に落として勝ったのは事実な訳じゃない？」

「早苗ちゃぁんっ！」

孝太郎には悪気は無かった。戦いが終わった時に孝太郎が口にした『さしずめ腐女子が沼に引きずり込んだってところだな』という言葉には、一片《いっぺん》の悪意もなかったのだ。ただその時の言葉があまりにしっくり来たので、みんなが大爆笑《だいばくしょう》してしまった。もちろんみんなが爆笑した事には戦いの緊張が解けた反動もある訳なのだが、それを差し引いてもゆりかの怒りは孝太郎に向かっていた。

「私は腐女子じゃないですよぅ！　ちゃんと男の子と女の子がハッピーエンドになる作品が好きなんですからぁ！」

「分かったゆりか、分かったから。ゆりかはたまた酸と毒と腐敗を扱うのが得意だったけど、腐女子じゃない」

「本当にそう思ってますかぁ？」

ゆりかはジトっとした目で孝太郎を見る。これまでがこれまでなので、疑い深くなっているゆりかだった。

「思ってる。というかな、お前が日々ニヤニヤしながら俺《おれ》のカップリングを検討しているかもしれないと思ったらゾッとするぞ」

「………」

「あっ、お前、今ちょっと考えたろっ？」

「かっ、考えてませぇんっ！」

ゆりかはぶんぶんと首を横に振る。この疑惑《ぎわく》だけは完全に否定しておかねば、腐女子が仇名《あだな》として定着しかねないので、ゆりかは必死だった。

「虹野《にじの》ゆりか、気持ちは分かるが………それだけ汝《なんじ》が鮮《あざ》やかに勝ったという事だ。印象深い事は度々《たびたび》話題に上る。しばらくは我慢《がまん》する事だな」

キリハはそう言って微笑《ほほえ》むと、湯呑《ゆの》みを手に取り一口お茶を飲んだ。そしてキリハはちらりと部屋の壁《かべ》に掛《か》けられている時計に目をやる。時刻は夜中の十二時を過ぎようとしていた。

「………帰って来ませんね………ご無事だと良いんですが………」

晴海がキリハの意図に気付き、軽く眉《まゆ》を寄せて心配そうな表情を作った。実はこの時、孝太郎達はある人物が一〇六号室へ帰ってくるのを待っていた。孝太郎達は、その人物が無事に帰ってくるかどうかで、地底での戦いが意味あるものであったか、それとも無駄《むだ》であったかが決まるという状況にあった。だがそうした事情が無くても、孝太郎達はただ待ったろう。その人物も孝太郎達の大切な仲間であったから。

ガタンッ

「只今《ただいま》帰りました」

だからその人物が玄関《げんかん》のドアを開けて帰って来た時、全員がそれまでの話題を忘れて玄関の方へ注意を向けた。そしてその人物が六畳間《ろくじょうま》に姿を見せた時、それまでどこか緊張して固くなっていた部屋の空気が、フッと和《やわ》らいだ。

「あれ？　皆《みな》さんどうかしましたか？」

だが当の本人――真希《まき》はそうした孝太郎達の事情には気付いていなかった。これは真希が大切な人達を得てから日が浅いせいだ。そのせいで真希の事を心配してくれていたのだと気付く事が出来なかったのだ。

「実は俺達《おれたち》、藍華《あいか》さん抜きで夜食を食べるべきか、食べざるべきか、その決断の時を迎《むか》えていたんだ。そこへ当の藍華さんが帰って来たもんだから」

それは言葉で教えるものではない。いつか自分で気付くべき事。だから孝太郎はあえて全然違う事を話した。そしてその事は他《ほか》の少女達も同じ気持ちだった。

「たべるー！　あたしたべるー！」

「さんせーい！　わたしもお腹空《なかす》きましたぁ！」

「いいのう、何だかわらわもお腹が空いてきよった」

「ウッ、体重……よし、ダイエットは明日からにしよう！」

「我も食べる事にしよう。不思議と……そういう気分だ」

「やっぱり身体が健康になったせいか、食欲があるんですよね」

「良い傾向《けいこう》でしてよ。色々なものを食べるようお勧《すす》めいたしますわ」

「お前、先輩《せんぱい》にだけ言ってないで自分も食えよ？」

「マキさんはどうなさいますか？」

「では……私も食べます。何だか、ここへ帰ってきたら急にお腹が空きました」

幸いな事に真希は既に気付きつつある。彼女が普通の少女になる日は、そう遠くない事だろう。

「ところで真希、首尾《しゅび》はどうだったろうか？」

真希の様子からすると結果は明らかかもしれないが、キリハはあえてそれを訊《たず》ねた。やはり地底世界の未来に絡《から》む話なので、キリハは真希が自分から話し始めるのを待っていられなかった。

「成功です。ヴァンダリオン派残党の秘密基地と思われる拠点を発見しました」

真希はそう言ってキリハに笑いかけると、空いている座布団《ざぶとん》に腰《こし》を下ろした。その座布団は真希の指定席だった。

「そうか……我々は賭《か》けに勝ったのだな……ふぅ……」

そう言ってキリハは大きく息を吐《は》き出し、再び安堵《あんど》の表情を作った。そう、孝太郎達にとっては、今回の地底での戦いは全て、ヴァンダリオン派残党の拠点を知る為に行ったものだった。

ライガからヴァンダリオン派残党から接触《せっしょく》があったと聞いた時、キリハは大きな疑問を持った。軟禁《なんきん》中のライガがどういう反応を示すか分からないのに、慎重《しんちょう》なラルグウィンが接触した事に違和感《いわかん》があったのだ。もしそれが意図的なものであれば、そこに隠れている意図は幾つもなかった。陽動か、それとも孝太郎達を呼び寄せて倒《たお》す為か。あるいはその両方か。ラルグウィンの意図は読み切れなかったが、キリハは低くない確率でラルグウィン達が攻めて来ると考えていた。ラルグウィンは、孝太郎達が守備力が高い一〇六号室を離れたという、絶好のチャンスを見逃《みのが》すような男ではない筈《はず》なのだ。だから本来なら孝太郎達にとって、その時点でカスミ家に大兵力を配置して攻撃を防ぐのが最善の手立てだった。だがキリハはそうしなかった。大兵力を配置した事を悟られれば攻めて来ないからだ。晴海達をあえて急進派の基地に送ったのも事情は同じだ。多少なりとも戦力が分散していないと、ラルグウィンが攻撃をためらうかもしれない。キリハにはラルグウィン達に攻め《せ》て来て貰《もら》いたい事情があった。その事情とは、追跡《ついせき》や侵入《しんにゅう》が得意な真希をあえて戦いから除外し、ラルグウィン達の後を追う事に専念させる事だった。ラルグウィン達は霊子力技術は手にしつつあるが、魔法にはまだ手が届いていない。今なら魔法に絞れば追跡が可能かもしれない、キリハはそう考えたのだ。だから急進派の基地に侵入するのが真希ではなく晴海になった。真希に一番やって欲《ほ》しい事は、ラルグウィンの追跡だ。戦いに加わらず最初から追跡の為だけに行動していれば、成功する可能性は高いと思われた。

しかしこれは大きな賭けだった。そもそも本当にラルグウィンは攻撃してくるのか。仮に攻撃して来たとしても、ラルグウィンが攻撃を決行する程度のぎりぎりの戦力で迎え撃たねばならない。不利であればラルグウィンは攻撃してこないだろう。それに真希が追跡の準備を整えるまでは防御《ぼうぎょ》重視で耐《た》え続けなければならない。攻撃に偏重《へんちょう》したティアや静香には辛《つら》い状況《じょうきょう》が続く筈だ。そして仮に戦いに勝ってラルグウィン達を撤退させたとしても、真希が本当にラルグウィンの拠点を見付けられるかどうかは分からなかった。

しかし幸運な事にキリハは、そして孝太郎達は、この賭けに勝った。とはいえ四連砲による攻撃は想定外だったので、本当にギリギリの勝利だった。ゆりかの頑張《がんば》りが孝太郎達を救ってくれたのだ。そして真希は仲間達が懸命《けんめい》に作った機会を無駄にせず、ラルグウィンの拠点を見付け出す事に成功したのだった。

「よくやってくれたね、藍華さん」

「里見君が信じてくれたからです」

「今回は信じて待つ事の大変さが身に染《し》みたよ」

「我はいつもそうだ」

「うん、今はキリハさんの気持ちがよく分かるよ。キリハさん、いつもありがとう」

「汝にそう言って貰えるだけで、どんな苦労も報《むく》われる。ふふふ………」

「里見君も私達がお礼を言ったら、報われますか？」

「いや、俺の場合は………」

孝太郎の言葉は途中《とちゅう》から急激に小さくなっていった。こころなしか顔も赤い。最終的に声は囁《ささや》くほどまで小さくなってしまい、近くで耳を寄せた真希にしか最後までは聞こえなかった。

「あら………ふふふ………」

最後まで聞いた真希は一瞬目を丸くした後、嬉《うれ》しそうに笑った。それを見たキリハは、軽く手招きをして真希に尋《たず》ねる。

「孝太郎は何と言ったのだ？」

「里見君は――」

「教えなくて良いだろ、そんな事」

「――――私達の笑顔《えがお》が見られればそれで良いと」

「無欲だな、里見孝太郎」

「………ほっとけ」

小声で話した事を真希が暴露《ばくろ》してしまったので、恥《は》ずかしくなった孝太郎はくるりとキリハに背を向けた。おかげでこの時キリハが浮《う》かべた笑顔は見れずじまいだった。

「こーたろーこーたろー、なにやってんのー？」

「なんでもない。ちょっと考え事をな」

「ふーん。暇《ひま》だったらさー、あたしの味方してよ。夜食のメニュー、カレーかラーメンかでもめてるの」

「お前はどっちが食いたいんだ？」

「カレー」

「残念、俺はラーメンが食いたい」

「なんでよー、そこであたしの味方をするのがあんたの使命でしょー？」

「東本願《ひがしほんがん》さん、私カレーです」

「ホント⁉　じゃあ孝太郎要《い》らないから真希来て」

「随分《ずいぶん》軽い使命だなぁオイ」

「では孝太郎は我が貰おう」

「俺は俺のだ！」

「おやおや、無駄な抵抗《ていこう》を………」

こうして孝太郎達の夜は更《ふ》けていった。まだ戦いは終わっておらず、ラルグウィンの一派は今も次の戦いに向けて策謀《さくぼう》を巡《めぐ》らせている事だろう。けれど全ては明日からだ。今日はゆっくりと心を休め、明日に備えるべきだった。今の孝太郎達は良く分かっている。この部屋にいる者の中には、戦いに向いている者など一人もいない。だから時にはこうして互《たが》いに寄《よ》り添《そ》って、休むべき時があるのだった。

ころな陸戦規定

NEW!　2011/6/9

第二十六条修正

ころな陸戦条約に批准した者は、虹野ゆりか（ころな荘１０６号室在住）が得意とする魔法は、毒や酸並びに腐敗ではないと認めたものとして扱われる。

また虹野ゆりか（ころな荘１０６号室在住）の呼称として『腐女子』という単語を利用する事を禁じる。

第二十六条修正補足

虹野さん、ちょっといいですか？　なんですかぁ、桜庭先輩？　この『腐女子』ってどういう意味なんですか？　ええっ、そ、それは………。　それは？　とっ、豆腐が好きな女の子の事ですぅ！　そうなんですか、色んな言葉があるんですね！

あとがき

発売日は三月なのですが、あけましておめでとうございます。著者の健速《たけはや》です。今回も無事に『六畳間の侵略者!?』の三十四巻をお届けする事が出来ました。今回のあとがきは四ページらしいので、あとがきはちょっとコンパクトに参ります。

この巻では、遂に地底世界とその霊子力技術に手を伸ばし始めたラルグウィン一派との攻防が描かれます。ただし孝太郎達とラルグウィン達の勝利条件が違う為、今回の結末は双方が勝利した形となりました。そして次回は恐らく、決戦になっていくのではないかと思います。

そんな話の中で、今回の見所は晴海の本気モードでしょうか。あの戦い方に関しては、どうなんだろうなぁと気になっていた方も多かったのではないでしょうか。晴海とアライアが徹底して貫くある方針のせいで、孝太郎が居ない状況下でないと発動しない戦い方で、しかもとても起こり辛いのですが、今回は丁度そういう機会だったのでやってみました。

次にやるのは相当先かな？（笑）
　もう一つの見所はゆりかの新魔法。酸と毒に続く第三の必殺魔法がヴェールを脱ぎました。この新必殺魔法は間違いなく効果的なのですが、そろそろダークネスレインボゥに移籍した方が良いんじゃないかというくらい、彼女の魔法少女としてのイメージの低下を招きます。それと望まない仇名《あだな》も手に入れたような、手に入れてないような。今後の魔法少女レインボゥゆりかの活躍に御期待下さい。
　逆にちょっと見せ場が乏しかったのはティアと静香かな。特にティアは新装備を持ち出したのに活躍し切れなかった格好です。これはこの巻を読み終わった方には既にお分かりだと思いますが、今回は防戦に徹しなければいけない事情があったので、結果的に攻撃に偏重したメンバーは活躍出来ない内容でした。恐らく彼女達の活躍は次の三十五巻へ持ち越しです。ティアの新装備も大活躍する事でしょう。

　そしてその三十五巻の話ですが、お待たせしました、新たな皇女が登場します。その名は第五皇女ネフィルフォラン。彼女はエルファリアの指示で地球に派遣されてきます。
　ネフィルフォランは武芸の達人で、戦闘全般の天才（若干射撃寄り）であるティアとは違って、接近戦に特化したタイプです。どちらかといえばティアよりは静香のライバルかもしれません。彼女個人の称号はアルダサイン、貫く大槍という意味です。その称号の通り、大槍を操って突撃していく事でしょう。次回は今回の続きでラルグウィン一派の拠点を攻める事になるでしょうから、彼女の力が存分に発揮される事でしょう。ティアの新装備と肩を並べて突っ込んでいくのかな。お楽しみに！

そうだ、本作に関して興味深いニュースがあります。実は数年前から電子版の『六畳間の侵略者!?』がアメリカ（英語版）でも出版されていたのですが、先日その紙の本を出版しようというクラウドファンディングが行われました。その目標額は五万ドルで、到達すれば三十一巻までを十冊にまとめた本を千部ずつ印刷するというものでした。

正直に言うと海外なので作品としての知名度も低く、厳しいんじゃないかなって思っていました。しかし実際に始めてみてびっくり、目標額の三倍を大きく超えた、十六万五千ドル（約千八百万円）に到達しました。これは海外である事を考慮すると、とんでもない結果です。しかも多くが恐らく電子版で既に読んでおられるという事になると思うので、二重に御支持を頂いたという事になると思います。ファンの皆さんの熱意をはっきりと見て分かる形で示して頂いた格好で、私も編集部一同も驚きと共に、感謝の気持ちでいっぱいです。

熱心なファンの人達が世界中にいて、そこへ作品を届ける事が出来る時代になったんですね。確か今回の英語版以外にも、台湾・韓国・タイ・中国と四つの言語圏で出版されています。そしてファンの皆さんが住んでいる国の数を数えると、どうやら十数ヶ国に及ぶようです。そうした日本だけでなく、全ての国のファンの皆さんの期待に応えられるように頑張っていこうと思っています。これからも応援をよろしくお願い致します。

あ、ページの残りが丁度良い感じになったので、今回はこれで終わろうと思います。

この巻を制作するにあたって御尽力頂いた編集部の皆様、急に出した新メカを文句ひとつ言わずにきちんと描いてくれたイラスト担当のポコさん、そして日本と世界各国においての読者の皆様に心より御礼を申し上げます。

それでは三十五巻のあとがきで、またお会い致しましょう。

二〇二〇年　一月

健速

HJ文庫
866
http://www.hobbyjapan.co.jp/hjbunko/

六畳間の侵略者!? 34

2020年3月1日　初版発行

著者――健速

発行者―松下大介
発行所―株式会社ホビージャパン

〒151-0053
東京都渋谷区代々木2-15-8
電話　03(5304)7604（編集）
　　　03(5304)9112（営業）

印刷所――大日本印刷株式会社

装丁――渡邊宏一／株式会社エストール

ISBN978-4-7986-2140-1　C0193

ファンレター、作品のご感想
お待ちしております

〒151-0053　東京都渋谷区代々木2-15-8
(株)ホビージャパン HJ文庫編集部 気付
健速 先生／ポコ 先生